소중한 ______________________ 에게

______________________ 가(이) 선물합니다.

____

전쟁과 평화

톨스토이 지음

1828년, 러시아 야스나야 폴랴나의 부유하고 유서 깊은 명문 귀족의 넷째 아들로 태어났으나
일찍이 부모를 여의고 숙모 밑에서 자랐습니다. 카잔 대학을 도중에 그만두고 개혁적인 농장을 운영했으나
실패했고, 24세 때 「유년 시대」를 발표하면서 문단에 나왔습니다. 군복무 중에 「소년 시대」 「세바스토폴리
이야기」를 집필하여 청년 작가로서 인정을 받았으며, 「전쟁과 평화」 「안나 카레니나」 등 수많은 명작과
「사람은 무엇으로 사는가」와 같은 민화를 남겼습니다. 「부활」을 발표했을 때는 그리스 정교를 비판했다는
이유로 파문당하기도 했습니다. 1910년 순례 여행을 하던 중 폐렴으로 세상을 떠났습니다.

권태문 엮음

경상북도 안동에서 태어나, 매일신문과 서울신문 신춘문예에 동화가 당선되면서 작품 활동을 시작했습니다.
그동안 장편 동화집 「바구니에 담은 별」 외 5권, 단편 동화집 「거꾸로 자라는 소」 외 60여 권, 과학 동화집
「개미들의 뽀뽀뽀」 외 40여 권과 「똑소리 나는 글씨기 과외」 「똑소리 나는 논술 과외」 등의 책을 펴내, 한국아동문학
상 · 세종아동문학상 · 소천아동문학상 · 박홍근아동문학상 · 율목문학상 등을 받았습니다.

2023년　4월 25일　2판 5쇄 **펴냄**
2011년　9월 20일　2판 1쇄 **펴냄**
2005년　2월 15일　1판 1쇄 **펴냄**

펴낸곳 (주)효리원
펴낸이 윤종근
지은이 톨스토이
엮은이 권태문 · **그린이** 손창복
등록 1990년 12월 20일 · **번호** 2-1108
우편 번호 03147
주소 서울시 종로구 삼일대로 457, 406호
전화 02)3675-5222 · **팩스** 02)765-5222

© 2005 · 2011. (주)효리원

잘못 만들어진 책은 구입하신 서점에서 바꾸어 드립니다.
ISBN 978-89-281-0133-7 64890

이메일 hyoreewon@hyoreewon.com
홈페이지 www.hyoreewon.com

전쟁과 평화

톨스토이 지음
권태문 엮음 / 손창복 그림

효리원
hyoreewon.com

『전쟁과 평화』는 러시아의 대문호 톨스토이가 쓴 명작 가운데 하나입니다. 이 작품은 1805년부터 1812년 나폴레옹이 러시아에 침입할 때까지 7년여에 이르는 시기를 배경으로 씌어졌습니다. 이 작품을 쓸 당시 톨스토이는 소피아와 결혼한 뒤 고향 야스나야 폴랴나에서 행복하게 살고 있었습니다.

이 작품에는 무려 559명이나 되는 등장인물이 나옵니다. 작품 처음 부분에서는 상트페테르부르크의 사교계를 중심으로 평화스러운 장면을 그리고 있는데, 그 밑바닥에는 머지않아 닥쳐올 전쟁의 위기감이 깔려 있습니다. 중간 부분에서는 전쟁이 한창인 시기의 시대상을 묘사하고 있습니다. 로스토프 백작과 보르콘스키 공작의 가족과 피에르와 안드레이, 니콜라이가 등장하며 군대 생활을 통해 러시아의 생활 모습과 전쟁의 참상을 나타내고 있습니다. 마지막 부분에서는 볼로디노 싸움을 중심으로 러시아 민족의 줄기찬 항쟁이 민족의식으로 녹아 내리게 하고 있습니다.

톨스토이는 이 전쟁을 겪으면서 병사들의 참혹한 죽음과 전쟁의 공포를 뼈저리게 느꼈습니다. 그런 까닭에, 이 작품에는 인도주의 사상이 잘 드러나 있습니다. 톨스토이는 이 작품을 통해 전쟁을 일으킨 인간들의 잔인함을 고발하는 한편, 평화가 바로 지상 낙원임을 암시하고 있습니다. 톨스토이는 전쟁 없는 사회를 꿈꾸었는지도 모릅니다.

이 책에 주인공으로 등장하는 로스토프 백작 가족들과 보르콘스키 공작의 가족들은 하나같이 정이 많고 인품이 너그럽습니다. 그러나 참혹한 전쟁이 이들 가정의 행복을 망가뜨리고, 그들에게 고통과 슬픔을 안겨 주었습니다.

이렇듯 인간이 일으킨 전쟁은 결국 인간 스스로를 파멸의 길로 이끈다는 교훈을 얻을 수 있습니다.

이 세상에서 가장 중요한 것은 인간의 생명입니다. 생명의 존엄함을 전쟁으로 앗아갈 수는 없는 것입니다.

이 땅에 전쟁이 다시는 일어나지 않기를 바라는 톨스토이의 바람이 간절히 스며 있는 이 작품을 읽으며, 지은이의 참된 마음과 정신을 본받을 수 있었으면 합니다. 엮은이 권대응

러시아에 부는 바람

러시아에 전쟁의 바람이 불기 시작했다. 프랑스의 나폴레옹이 일으킨 전쟁은 발등의 불이 되었다. 그러나 러시아의 수도 상트페테르부르크에서는 밤마다 연회가 열렸다. 대부분 귀족 집안에서 열리는 무도회였다. 무도회장을 드나드는 사람들에게 전쟁은 강 건너 불 구경일 뿐이었다.

1805년 어느 날이었다. 안나 파블로브나 부인의 집에서 열린 무도회는 상류 사회의 귀족들이 참석해 성황을 이루었다. 무도회를 연 파블로브나 부인은 사교계에서 널리 알려진 사람이었다. 부인은 황제의 어머니인 황태후의 사랑을 한 몸에 받고 있었다.

이 무도회에 참석한 사람들 중에는 유난히 눈에 띄는 젊은이가 있었다. 바로 명문 집안인 보르콘스키 공작의 아들 안드레이였다. 그는 아내 리자와 나란히 앉아 있었다. 안드레이는 키가 그리 크지 않았지만 이목구비가 수려한 미남이었다. 그런데 오늘은 사람들과 이야기하는 것에 그리 흥미를 느끼지 못하는 듯 무도회 내내 지루한 표정을 짓고 있었다. 안드레이는 늘 같은 사람들과 그저 그런 이야기를 나누는 것이 따분하기만 했다. 먹고 마시고 춤추는 모임을 그리 좋아하지 않았던 그는, 유럽에서 벌어지고 있는 전쟁 이야기에만 관심이 쏠렸다.

1805년 러시아가 오스트리아와 연합해 프랑스의 나폴레옹 군대에게 선전 포고를 했다. 이에 따라 러시아의 젊은이들은 하나둘 전쟁터로 나가게 되었다.

무르익었던 무도회의 열기가 한풀 꺾여 고즈넉해지자 사람들의 대화는 자연스레 전쟁 이야기로 모아졌다. 모두 불안한 마음을 감추지 못했다.

안드레이는 옆자리에 앉은 피에르가 하는 이야기를 건성으로 듣고 있었다. 피에르는 베즈호프 백작의 아들로, 어릴 때부터 파리에서 교육을 받고 러시아로 돌아온 지 얼마 되지 않았다. 피에르는 안드레이와는 형제처럼 가깝게 지내는 사이였지

만, 여러 사람들에게 흥미를 끌지는 못했다. 안드레이는 빨리 무도회가 끝나기만을 바랐다.

'이제 전쟁은 피할 수 없는 일이 되었어. 나도 언젠가는 전쟁 터로 가야 할 것이다.'

안드레이의 마음은 어느새 전쟁터로 달리고 있었다.

무도회가 끝나자 안드레이는 피에르를 데리고 집으로 향했 다. 안드레이의 아내 리자는 기다렸다는 듯이 피에르에게 푸 념을 늘어놓았다.

"피에르, 안드레이가 전쟁터로 가겠다고 우겨요. 나 혼자 어 떻게 살라고 그러는지 모르겠어요. 정말 무서워요."

리자의 가느다란 입술에서 새어 나오는 소리는 두려움에 젖 어 있었다. 리자는 홀몸이 아니었다. 배 속에 아기가 자라고 있었다. 리자의 마음은 이해할 수 있었다.

어느 아내가 남편을 죽음의 전쟁터로 보내려고 하겠는가? 피에르 옆에서 리자의 이야기를 듣고 있던 안드레이가 얼굴을 찡그렸다. 리자는 남편인 안드레이의 눈치를 살피다 이내 옆 방으로 갔다.

"이봐, 피에르! 결혼 같은 건 절대로 하지 말게. 자네가 사랑 하는 여자의 참모습을 확실히 알게 될 때까지는 결혼하지 말게. 그렇지 않으면 돌이킬 수 없는 잘못을 저지르는 꼴이 되고 마는 거야. 여자들이란 허영심과 이기심을 빼면 아무것도 없어! 알맹이는 없고 껍질뿐인 여자와 한평생을 살 수는 없지 은가. 이건 내가 진심으로 하는 충고야. 내 말 명심하게.”

리자가 들어간 방문을 흘깃거리며 안드레이가 말했다. 안드레이는 전부터 가슴속에 품어 왔던 말을 꺼냈던 것이다.

“그게 무슨 말인가?”

피에르는 어리둥절한 표정으로 되물었다.

“나 같은 사람을 닮지 말란 뜻이야. 나는 아무 쓸모도 없는 사람이야.”

안드레이의 표정은 어두웠다. 그는 아내 리자와 사이가 그리 좋지 않았다. 부부 사이의 애정이 이미 오래전에 식어 버렸음을 알 수 있었다. 남편을 걱정하는 리자의 말도 안드레이에게는 잔소리로밖에 들리지 않았다.

“별 싱거운 소리를 다 하는군. 자네 같은 사람이 쓸모가 없다면 나 같은 사람은 뭐 쓸모가 있겠나? 그런 싱거운 소리는 쓰레기통에나 쏟아 버리게.”

안드레이는 군인이 되려고 입대를 준비했다. 불만은 끝이 없었고, 얼굴은 날이 갈수록 어둡고 우울해졌다. 상트페테르부르크에서 날마다 귀족들의 무도회가 열리는 것도 참을 수가 없었다.

'귀족들의 정신이 이래 가지고서야 어떻게 전쟁에서 이기겠어? 밤마다 이렇게 흥청망청이니, 원.'

안드레이는 탄식을 했다. 전쟁을 어떻게 막으려는 것인지 도무지 알 수가 없었다. 그래서 마음이 늘 개운치 않았다.

그날도 마음이 무거웠다. 로스토프 백작의 집에서 딸 나타샤의 생일잔치가 열렸다. 안나 드루베스카야 공작 부인의 아들 보리스, 대학생인 백작의 맏아들 니콜라이와 막내아들 페챠, 백작의 조카딸뻘인 소냐 등 젊은 사람들이 모여 이야기를 나누고 있었다.

나타샤는 기쁨에 들떠 왔다 갔다 했다.

"니콜라이의 친구 보리스가 장교로 군에 간대요. 내 아들 니콜라이도 늙은 부모를 팽개치고 군대에 들어가려고 해요. 뭐, 보리스와의 우정 때문에 떨어질 수 없다나 봐요. 이미 입대 부대와 계급도 결정되었다는데, 그게 진정한 우정일까요?"

니콜라이의 아버지 로스토프 백작은 사람들을 향해 말했다.

"아버지! 우정 때문만은 아니에요. 남자로서 조국을 지키는 건 당연하잖아요. 그래서 그런 거지요."

사람들은 니콜라이의 말을 듣고, 고개를 끄덕이며 미소로 그
의 말에 동의했다.

"오늘 기병 연대의 슈베르트 대령이 여기에 오신대요. 아마
니콜라이를 데려가려는 것이겠지요. 별 도리가 없으니까요."

로스토프 백작은 농담처럼 불만을 쏟아 놓았다.

니콜라이는 그런 아버지를 바라보며 퉁명스럽게 말했다.

"저를 놓아주지 못하겠다면 집에 틀어박혀 있겠어요. 그러나 제겐 군인 말고는 아무것도 맞지 않는다는 걸 알아 두세요."

"이건 모두 나폴레옹인가 뭔가 하는 전쟁 미치광이가 사람들의 정신을 뒤흔들어 놓은 탓이야. 젊은이들의 마음에 쓸데없는 바람을 넣은 거라고."

로스토프 백작은 말머리를 돌렸다.

그때 슈베르트 대령이 안으로 들어섰다.

"어서 오십시오, 대령님!"

로스토프 백작이 대령을 반갑게 맞았다.

다른 사람들도 자리에서 일어나서 인사를 했다.

"전 이미 각오가 되어 있습니다."

슈베르트 대령이 자리에 앉자 니콜라이가 말을 꺼냈다.

"대령님! 우리 젊은이들은 그냥 보고만 있을 수 없습니다."

피에르도 한 마디 했다.

"역시 우리나라 젊은이들이 최고야! 암, 훌륭하고말고."

슈베르트 대령은 두 젊은이에게 칭찬을 아끼지 않았다.

"나는 내 아들이 군대에 가는 걸 반대하지는 않겠어요. 모두 하느님의 뜻대로 되겠지요."

니콜라이 어머니의 말에 슈베르트 대령은 미소를 지었다.

러시아는 온통 전쟁에 대한 이야기로 들끓었다. 시민들은 전쟁 때문에 불안에 떨고 있었다.

"자, 축배를 듭시다. 따님의 생일을 축하하며!"

슈베르트 대령이 먼저 술잔을 치켜들었다.

'그래, 군인이 되어 내 손으로 조국을 지켜 내겠어.'

안드레이는 마침내 결정을 내렸고, 기병 대령이 되어 전쟁터로 나가게 되었다. 안드레이뿐 아니라 러시아의 수많은 젊은 이들이 군에 들어가 프랑스와의 전쟁에 맞섰다.

"여보! 곧 전쟁터로 떠나게 될 것 같소. 내가 없는 동안 시골 아버지 댁에서 지내도록 해요."

안드레이는 임신한 아내 리자를 데리고 아버지가 있는 시골로 갔다. 안드레이의 아버지 보르콘스키 공작은 시골에 많은 영지(토지)를 소유하고 있었다. 시골집에서 동생 마리아는 아버지의 말동무가 되어 주었다.

안드레이가 아버지를 찾은 것은 참 오랜만의 일이었다.

"오빠! 언니가 몹시 괴로워하는 것 같아요. 언니에게 잘해 주세요. 원래 귀엽고 쾌활한 사람이라, 난 언니가 무척 좋아요. 그러니 조금 부족한 점이 있더라도 오빠가 너그럽게 이해해 주세요."

안드레이가 떠나기 전날 밤, 마리아가 걱정스런 얼굴로 조심
스럽게 말했다. 마리아는 오빠가 점점 더 올케 언니를 싫어하
는 것 같아서 안타깝기만 했다. 어떻게 해서든 오빠와 올케 언
니 사이를 가깝게 되돌리고 싶었다.

"이 편지를 쿠트조프 장군에게 보여 주면 도움이 될 거다."

이튿날 안드레이는 임신한 아내 리자를 남겨 두고 전쟁터로
떠났다. 아버지의 편지 덕분에 안드레이는 러시아군 최고 지
휘관의 부관이 되었다.

안드레이의 군대 생활은 이렇게 시작되었다.

그해 11월, 아우스터리츠에서 치열한 전투가 벌어졌다. 러시
아와 오스트리아의 연합군은 나폴레옹이 이끄는 군대의 공격
을 받았다.

프랑스군은 연달아 대포를 쏘아 대고 있었다. 그때마다 대포
에서 연기가 풀썩풀썩 피어올랐다. 안드레이는 말에 올라탄
채 대포의 연기를 바라보았다.

조금 뒤에 귀를 찢을 듯한 대포 소리가 러시아군의 진지에서
들려왔다. 러시아군에서도 대포를 쏘기 시작한 것이다.

'마침내 시작되었구나. 결국 이렇게……!'

안드레이는 앞으로 벌어질 싸움의 결과가 어떤 것일지를 생

각하고 있었다.

'삶과 죽음의 갈림길이 바로 여기로군.'

안드레이는 전쟁이 수많은 생명들의 삶과 죽음을 갈라놓을 것이라고 생각했다.

'이곳을 한 발짝이라도 넘어서면 헤아릴 수 없는 고통과 죽음이 기다리는 마지막 세계일 것이다.'

고지에서는 프랑스군이 쏘아 댄 대포의 연기가 솟았다. 다음 순간 포탄은 휘잉 소리를 내면서 기병 중대의 머리를 스쳐 갔다. 프랑스군은 러시아 기병 중대를 목표로 대포를 쏘고 있는 것이 분명했다.

포탄은 일정한 간격으로 기병 중대의 머리를 스치듯 지나가 뒤쪽 어딘가에서 폭발했다. 그때마다 모두들 몸을 움츠렸다.

오후가 되면서 하늘은 다시 활짝 갰다. 태양은 도나우강과 산을 눈부시게 비추고 있었다. 싸움이 잠시 멎은 주위는 고요했다. 이따금 산 저쪽 고지에서 나팔 소리와 프랑스군의 외침이 울리면서 고요를 잠시 흔들어 놓을 뿐이었다.

이렇듯 불안한 고요는 산 그림자를 도나우강 건너편까지 실어 날랐다. 산 그림자에 눌려 있던 강의 물결이 갑자기 출렁거렸다. 프랑스군의 공격이 다시 시작된 것이었다. 고지에 우레

같은 대포 소리가 울려 퍼졌다.

"한 사람이 쓰러졌다!"

누군가 소리쳤다.

기병들이 하나둘씩 쓰러지기 시작했다. 러시아군은 더 견디지 못하고 힘없이 무너지고 말았다. 연대장도 적의 포탄에 맞아 전사했다.

안드레이는 프라첸 고지에서 프랑스군이 쏜 포탄의 파편을 맞고 쓰러졌다. 안드레이는 피를 흘리며 신음하면서도 군대 깃발을 꼭 움켜쥐고 있었다. 깃발은 군인의 목숨과도 같았다. 군인이 군기를 놓치는 것은 총살감이었다.

안드레이가 쓰러진 것은 해가 산마루에 걸려 있을 무렵이었다. 정신을 잃은 지 얼마나 되었는지 알 수 없었다. 저녁이 되어서야 정신이 들었다. 부상의 고통이 칼로 살을 도려내는 것처럼 느껴졌다. 신음 소리는 다시 이어졌다. 그래도 아직 살아 있다는 안도감이 들었다. 안드레이는 가만히 귀를 기울였다. 조금씩 다가오는 말발굽 소리와 프랑스말로 웅성거리는 사람들의 목소리가 들려왔다. 안드레이는 눈을 떴다. 머리 위에는 구름이 한층 높게 떠 있었고, 하늘은 검푸르게 보였다. 말을 타고 온 적군이 안드레이 앞에서 우뚝 멈추었다. 안드레이는 머리를 움직일 수 없었기 때문에 자기 앞에 멈추어 선 사람들의 얼굴을 보지 못했다.

부관 둘을 거느리고 말을 타고 온 사람은 프랑스군의 총지휘관 나폴레옹이었다.

"훌륭한 병사로군. 아주 용감한 사내야."

"네, 폐하! 적이지만 퍽 용감하게 싸웠습니다."

적군이 프랑스말로 지껄였다. '폐하'라는 말로 나폴레옹이라는 사실을 짐작할 수 있었다.

나폴레옹은 전사한 러시아 군인들을 둘러보며 말했다. 나폴레옹은 군대 깃발을 꼭 잡고 쓰러져 있는 안드레이를 내려다보고 있었다.

"훌륭한 죽음이다."

안드레이는 자기를 두고 하는 말이라는 것을 알았다. 문득 살고 싶다는 욕망이 꿈틀거렸다. 몸을 움직여 보았다. 그러나 꼼짝도 하지 않았다. 안드레이는 머리가 터질 것 같은 통증과 함께 온몸의 피가 빠져나가는 것 같은 기분을 느꼈다. 안드레이는 신음 소리를 내며 꿈틀거렸다.

"이 젊은이가 아직 살아 있군. 의무실로 데리고 가서 상처를 치료해 주어라."

안드레이는 그 후의 일은 아무것도 기억할 수 없었다. 들것에 실려 의무실까지 갔고, 그곳에서 상처 부위를 소독하고 상처를 꿰맸다. 날이 완전히 저물어서야 병원으로 옮겨졌다. 병원에서 안드레이는 정신이 들었다. 아버지, 아내, 누이, 머지 않아 태어날 아기의 얼굴이 떠올랐다.

'나는 살아야 한다. 그리운 얼굴들을 다시 보아야 한다.'

안드레이는 계속 중얼거렸다.

"이 젊은이는 좀처럼 회복되기 어렵겠는데……."

나폴레옹의 주치의는 회복보다는 죽음으로 이어질 가능성이 많다고 했다. 안드레이는 다른 부상자들과 함께 그 지방 사람들의 손에 건네져 간호를 받게 되었다.

러시아군에서 안드레이를 찾았지만 생사조차 알 수 없었다. 프랑스군이 발표한 전쟁 포로 명단에도 안드레이의 이름은 없었다. 행방 불명이 된 군인은 전사자로 분류되었다. 러시아에서는 안드레이가 전사한 것으로 결론을 내렸다.

"마리아! 네 오빠는 전쟁터에서 돌아오지 못할 것 같다."

아버지 보르콘스키 공작이 전사 통지서를 마리아에게 보여 주었다. 보르콘스키 공작의 눈에 눈물이 고였다.

마리아는 이 끔찍한 사실을 믿을 수가 없었다.

"나쁜 놈들! 내 사랑하는 아들을 죽게 하다니, 군대를 전멸시키고 부하를 죽이고, 그러고도 대 러시아의 군대라고 할 수 있는가?"

아버지 보르콘스키 공작은 울분을 참지 못하며 의자에 쓰러졌다. 마리아는 아버지를 침대에 눕히고 리자에게 갔다.

"어서 와요."

리자는 편안한 얼굴로 마리아를 맞았다.

"여기 손 좀 대 봐요."

리자는 마리아의 손을 자기 배에다 얹었다. 배 속의 아기가 꿈틀거렸다. 리자는 아주 행복한 얼굴이었다.

'이런 언니에게 오빠가 전사했다고는 차마 말할 수 없어.'

마리아는 아무 말도 하지 못하고 눈물만 흘렸다.

"왜 울어요? 오빠에게 무슨 일이라도 있어요?"

리자의 얼굴이 갑자기 어두워졌다.

"아니에요. 왠지 걱정이 되어서요."

마리아는 고개를 가로저었다.

'아기가 태어날 때까지는 비밀로 하는 게 좋겠어.'

마리아는 이렇게 마음먹으며 리자의 방을 나섰다.

보르콘스키 공작은 아들 안드레이의 죽음을 잊지 않으려고 마을 입구에 전사 기념비를 세웠다. 그러나 그것으로 위로를 받을 수는 없었다. 아버지는 조금씩 쇠약해져 갔다.

몇 달이 지났다. 죽은 줄로만 알았던 안드레이가 가족들이 애타게 기다리는 집으로 돌아왔다.

'오빠가 틀림없어.'

마리아는 층계를 올라오는 귀에 익은 발자국 소리를 듣고 밖

으로 뛰어나갔다. 문밖에 누군가 서 있었다. 오빠 안드레이였
다. 안드레이는 마리아를 와락 끌어안았다.

"내 편지 받았니?"

안드레이는 마리아의 대답을 기다리지 않고 문을 열고 들어
서려고 했다.

"오빠! 언니가 아기를 낳으려고 해요. 그런데 생각보다 고통
이 심한 것 같아요."

마리아는 반가운 인사보다 리자의 걱정으로 울먹였다.

안드레이는 얼굴이 초췌하고 무척이나 야위어서 마치 다른
사람처럼 보였다. 그는 급히 방으로 들어섰다.

"리자, 나요! 그동안 많이 보고 싶었소."

아내를 부르는 그의 목소리가 떨렸다.

리자는 온몸이 땀으로 범벅이 된 채 신음을 하면서도 믿지
못하겠다는 듯 남편 안드레이를 물끄러미 바라보기만 했다.
소식도 없이 불쑥 돌아온 게 어리둥절한 모양이었다.

"여보! 하느님께서 자비를 베풀어 주실 거야."

안드레이는 아내의 얼굴을 바라보면서 걱정스럽게 말했다.
그때 다시 진통이 시작되었다.

리자는 심한 고통으로 몸을 이리저리 비틀더니 그만 정신을

잃고 말았다.

"여보! 내가 당신에게 너무 많은 잘못을 저질렀소."

안드레이는 아내에게 쌀쌀맞게 대했던 것을 후회하고 있었다. 전쟁터에서 죽음의 고비를 넘나들며 세상을 새롭게 바라보게 되었던 것이다.

그때 의사가 들어왔다. 안드레이는 옆방으로 가서 아내의 신음 소리에 귀를 기울이며 아기의 울음소리를 기다렸다. 안드레이는 안절부절못하며 방 안을 서성였다.

옆방에서 신음 소리가 들리더니 이내 조용해졌다.

"응애응애!"

마침내 아기의 울음소리가 들려왔다.

곧이어 의사가 급히 문을 열고 나오는 소리가 들렸다. 의사는 몸을 벌벌 떨며 말없이 서 있었다. 안드레이는 불안한 마음에 얼른 옆방으로 들어갔다.

안드레이는 눈앞에 펼쳐진 모습을 도저히 믿을 수 없었다. 리자가 세상을 떠난 것이었다. 눈을 감은 리자의 얼굴은 무척이나 평온해 보였다. 그녀 곁에서, 갓 태어난 사내아이가 우렁차게 울고 있었다.

"리자, 리자! 나 여기 있소. 어서 뭐라고 말 좀 해 봐요."

안드레이는 아내의 몸을 흔들며 울부짖었다.

"오빠! 언니는 착하고 얌전한 사람이었어요. 이곳 생활에도 잘 적응하며 오빠를 기다렸지요. 참 좋은 사람이었어요."

마리아도 슬픔을 이기지 못해 울먹이면서 말했다.

"내가 너무 무심했어. 편지라도 자주 보냈어야 했는데……."

안드레이는 다시 후회의 눈물을 흘렸다. 그러나 리자는 이미 돌아올 수 없는 곳으로 떠났다.

사흘 뒤 리자의 장례를 치렀다. 그로부터 닷새 후에는 아들 안드레이치(니콜루슈카)가 세례를 받았다.

"아들아! 이제 아빠는 너와 함께 있을 것이다. 군대엔 다시 가지 않을 거야."

안드레이는 아들을 안고 중얼거렸다.

전선의 니콜라이

니콜라이가 속한 기병 중대는 프랑스군과 가장 가까운 곳에 진을 쳤다. 니콜라이는 안드레이의 친구이며, 나중에는 안드레이의 누이동생 마리아와 결혼을 하게 된다. 니콜라이는 중대장 제니소프와 같은 막사에서 지냈다.

그해 10월 23일, 러시아와 오스트리아의 동맹군은 프랑스의 나폴레옹이 이끄는 10만의 병사에게 밀려서 빈까지 후퇴를 했다. 니콜라이가 속해 있는 러시아 군대는 프랑스군의 상대가 되지 못했다. 더구나 니콜라이는 전투 경험이 없었다. 전투가 벌어지자 니콜라이는 조금 불안해졌다.

그때 알렉산드르 황제가 직접 응원군을 이끌고 왔다.

“돌격, 앞으로!”

지휘관의 명령이 떨어졌다. 병사들은 고함을 지르며 씩씩하게 앞으로 나아갔다.

“자, 누구든지 덤벼 봐라!”

니콜라이가 말에 채찍질을 하며 앞장서서 달려나갔다. 말은 점점 빨리 내달렸고, 니콜라이는 정신 없이 돌격했다. 그러나 얼마 못 가 니콜라이는 프랑스군이 쏜 총탄을 맞고 그만 말에서 떨어지고 말았다. 주인을 잃은 말은 소나기처럼 퍼붓는 총알을 미처 피하지 못하고 쓰러졌다.

‘끙……, 움직일 수가 없어…….’

니콜라이는 정신을 차리고 몸을 일으키려 했다. 그러나 몸이 뜻대로 움직이질 않았다. 견딜 수 없는 통증 때문에 저절로 신음 소리가 흘러나왔다.

저만치에서 병사들이 다가오고 있었다.

니콜라이는 도와 달라고 소리치려다 얼른 입을 다물었다. 러시아 병사의 옷차림이 아니었다. 푸른색 외투에 끝이 뾰족한 모자를 쓴 프랑스군이었다. 니콜라이는 숨을 죽이고 프랑스 병사들을 바라보았다.

‘아니! 저건 러시아 병사인데?’

니콜라이는 깜짝 놀랐다. 프랑스 병사들 뒤로 러시아 기병이 양손이 꽁꽁 묶인 채 끌려오고 있었다.

'포로가 되었구나.'

니콜라이는 가슴이 아팠다. 어쩌면 자기도 저런 신세가 될지 모른다고 생각하니 더 견딜 수가 없었다.

"눈앞에 적군을 보고도 가만히 있을 수밖에 없다니. 이건 너무 비겁한 일이다."

니콜라이는 혼자 중얼거렸다. 몸을 제대로 움직일 수 없는 것이 그저 안타깝기만 했다. 프랑스군이 가까이 다가오자 니콜라이는 권총을 뽑았다.

'어쩌지? 적군이 너무 많아 총을 쏠 수가 없어.'

니콜라이는 몸을 일으켜 프랑스 병사들을 향해 권총을 집어 던지고는 쏜살같이 숲속으로 내달렸다. 어떻게 그런 힘이 솟았는지 모른다.

"러시아 병사가 도망친다! 저 병사를 잡아라!"

니콜라이를 발견한 프랑스 병사들이 마구 총을 쏘아 대기 시작했다.

'이대로는 죽을 수 없다.'

니콜라이는 부상당한 왼쪽 팔을 움켜쥐고 있는 힘을 다해 달렸다. 숲속에는 다행히 러시아 포병대 병사들이 있었다.

'후유, 이제 살았다.'

니콜라이는 마음을 놓으며 주위를 둘러보았다. 부상당한 병사들이 많았다. 후퇴 명령을 받은 포병대 병사들이 후퇴하기 시작했다. 부상병들을 싣고 갈 마차가 없었다. 부상병들은 대포가 달린 차를 방패삼아 절룩거리며 걸었다.

"중대장님! 도저히 걸을 수가 없습니다. 마차에 타게 해 주시오."

니콜라이는 애원했다. 중대장은 니콜라이의 청을 들어주었다. 니콜라이는 대포가 달린 차에 겨우 오를 수 있었다. 니콜라이는 목숨을 건졌지만, 한동안 정신을 잃고 사경을 헤맸다. 정신이 희미하게 들었을 때는 얼마의 시간이 흐른 뒤였다. 그때 니콜라이의 머리를 스친 것은 어머니와 크고 하얀 손, 소냐의 야윈 어깨, 나타샤의 눈과 웃음소리들이었다. 얼마나 많은 시간이 흘렀을까? 니콜라이는 눈을 떴다. 불빛 속에서 눈발이 가루처럼 흩날리고 있었다.

"오늘 하룻동안에 얼마나 많은 병사들이 다치고 죽었는지 모르겠습니다. 정말 끔찍한 일입니다."

니콜라이는 옆의 병사가 하는 말을 곱씹어 들으며 하늘을 한

번 쳐다보았다. 러시아의 겨울은 유난히 추웠다. 따뜻한 집과 폭신폭신한 털외투, 가족의 사랑이 그리웠다.

어느 마을에 이르러, 니콜라이의 기병 중대는 다시 병사들을 모아 싸울 준비를 했다.

"어떻게 된 거야? 부상을 당했잖아."

제니소프 중대장이 니콜라이 곁으로 다가오며 말했다. 니콜라이는 아무 말도 못 하고 제니소프 중대장을 멍하니 바라보기만 했다.

다음 날 프랑스군은 공격을 멈추었다. 니콜라이 기병 중대는 본대인 쿠트조프군에 합류했다.

그 후 얼마 안 되어 니콜라이는 완쾌되었다.

'참으로 소중한 것은 순수한 마음으로 목숨을 바칠 수 있어야 한다는 거야. 그것이 바로 전쟁의 참뜻이지. 다른 어떠한 것도 전쟁의 목적이 될 수는 없어.'

니콜라이는 조국을 위한 일이 무엇인지 생각했다.

11월 12일, 니콜라이는 보리스의 편지를 받았다.

니콜라이, 네 아버지가 편지와 돈을 보내 오셨다.

보리스의 편지는 짤막했다. 니콜라이는 제니소프 중대장에게 허락을 받고 보리스를 만나러 갔다. 보리스는 니콜라이의 부대가 있는 곳에서 15킬로미터 떨어진 곳에 있었다.

"니콜라이, 아주 씩씩한 군인이 되었구나! 반갑다, 하하하."

보리스는 니콜라이를 반갑게 끌어안았다. 그러고는 니콜라이에게 아버지 로스토프 백작이 보낸 편지와 돈 봉투를 내밀었다.

"난 정말 못난 놈이야."

편지를 읽고 나서 니콜라이가 중얼거렸다.

“왜 그래, 니콜라이?”

보리스가 걱정스럽게 니콜라이를 바라보았다.

“부상당했다는 얘길 왜 편지에 썼을까? 부모님과 동생들이 나 때문에 걱정하고 불안해할지 알면서 말이야. 이렇게 가족들에게 걱정을 끼치다니. 참 어리석었어.”

니콜라이는 아버지의 편지를 읽고, 자기가 얼마나 경솔했는지 깨달았다. 자기 편지 때문에 가족들이 마음아파했을 모습이 떠오르자 이내 목이 메었다.

니콜라이는 아버지가 편지와 함께 보낸 소개장을 한번 훑어보고는 찢어 버렸다. 사령관에게 그 소개장만 보여 주면 부관이 될 수 있었고, 그러면 후방에서 근무할 수도 있었다. 그러나 니콜라이는 안전한 군대 생활을 뿌리치기로 했다. 내가 살자고 다른 사람을 전방에 내보낼 수는 없는 일이었다. 그것은 수많은 병사들의 죽음을 보고, 죽을 고비를 넘기면서 깨닫게 된 소중한 교훈이었다.

‘황제와 나라를 위해 순수하게 죽을 수 있기를 바랄 뿐이야.’

니콜라이는 마음속으로 이렇게 생각했다.

11월 16일 새벽, 제니소프 기병 중대는 다른 곳으로 이동했다. 니콜라이는 예비대로 후방에 남게 되었다.

“각하! 부탁이 있습니다.”

지휘관 바그라존 공작이 니콜라이를 바라보았다.

“말해 보게.”

“저를 전방의 제1중대로 보내 주십시오. 여기 예비대에 남아 있으면 나라를 위해 공을 세울 수 없습니다.”

“이름이 뭔가?”

“니콜라이 로스토프라고 합니다.”

“자네의 용기를 높이 사겠네. 전방보다는 내 곁에서 전령으로 근무하게.”

전령은 부대와 부대 사이의 연락을 주고받는 병사였다. 니콜라이는 어쩔 수 없이 바그라존 공작의 전령이 되어 전투에 참가하게 되었다. 그러나 이 싸움에서도 동맹군은 패배했고, 러시아군은 결국 본국으로 철수하게 되었다.

즐거운 휴가

　니콜라이의 가족들은 오랫동안 그의 소식을 듣지 못하다가 한창 추운 겨울 어느 날 편지를 한 통 받았다. 그 편지를 읽고, 니콜라이의 아버지 로스토프 백작은 너무 놀라 어찌할 바를 몰라 했다.

　"우리 니콜라이가 부상을 당했다는군. 이걸 어쩌나?"

　로스토프 백작은 길게 한숨을 내쉬면서 걱정스러운 얼굴로 창밖을 내다보았다. 어머니는 아들 걱정에 눈물만 흘렸다.

　"소냐, 오빠가 부상을 좀 당했나 봐. 그런데 이젠 좋아져서 편지도 직접 쓰는 거라고 걱정하지 않아도 된대. 대신 장교가 되었다더라."

나타샤는 어머니에게 들은 니콜라이의 소식을 전했다.

그 말을 듣고 소냐는 슬픔에 잠겼다.

"오빠, 보고 싶어요!"

나타샤는 눈을 감고 조용히 기도했다.

얼마 후 니콜라이는 기병 중위로 휴가를 얻어 제니소프와 함께 집으로 돌아왔다. 제니소프는 기병 대위로, 니콜라이가 소속된 부대의 중대장이었다. 제니소프는 모스크바까지 가야 했기 때문에 잠시 니콜라이의 집에 머물기로 했다. 그때가 1806년 겨울이었다.

니콜라이는 꿈에도 그리던 집에 도착해 얼른 문을 열고 안으로 들어섰다.

"도련님! 아니 젊은 백작님! 이게 어떻게 된 일입니까?"

하인은 니콜라이의 갑작스러운 등장에 놀라며 소리쳤다.

"모두들 안녕하신가?"

니콜라이는 미소를 지으며 하인에게 물었다.

"네네, 그럼요. 다들 잘 지내고 계십니다."

니콜라이는 하인의 대답을 들으며 천천히 집 안을 둘러보았다. 니콜라이의 눈에 들어온 풍경은 모든 것이 예전 그대로였다. 그러자 비로소 집에 돌아온 것이 실감났다.

"어머나! 오빠! 어떻게 왔어요? 정말 몰라보겠어요."

누이동생 나타샤가 방에서 뛰어나와 반갑게 인사했다. 소냐도 뛰쳐나왔다. 니콜라이는 누이동생을 얼싸안고 등을 토닥여 주었다. 아버지와 어머니는 너무 반가운 나머지 눈물을 글썽이며 니콜라이를 끌어안았다.

그때 니콜라이 옆에 서 있던 제니소프가 인사를 했다.

"안녕하셨습니까? 전 니콜라이의 친구 제니소프입니다."

제니소프는 엷게 미소지으며 자신을 소개했다.

"어서 오시오. 어서 와."

로스토프 백작은 제니소프를 자상하게 맞아 주었다.

"잘 오셨어요, 제니소프!"

나타샤도 상냥한 목소리로 제니소프에게 인사를 건넸다.

"반가워요, 나타샤! 오빠에게 얘기 많이 들었어요."

제니소프는 다정하게 말했다.

"우선 조용한 방에서 푹 쉬시는 게 좋겠어요."

나타샤는 제니소프를 옆방으로 안내했다.

가족들은 니콜라이와 함께 즐겁게 이야기를 나누었다.

"오빠! 다친 곳은 괜찮아요?"

나타샤가 옆방에서 나오며 물었다.

"하하하, 괜찮으니까 이렇게 휴가를 나왔지."

니콜라이는 쏟아지는 질문에 대답하느라 정신이 없었다.

이튿날 아침이었다. 피곤에 지친 니콜라이는 9시가 지나도록 자고 있었다. 나타샤가 기다리다 지쳐서 열린 문 틈으로 살짝 들여다보았다.

"오빠는 잠꾸러기야."

나타샤는 방으로 들어가 니콜라이를 흔들어 깨웠다. 니콜라이와 제니소프가 눈을 뜨며 하품을 했다.

"잠옷 그대로 나오세요. 차를 준비해 놓았어요."

나타샤는 방문을 닫으며 재촉했다.

니콜라이와 제니소프는 잠옷 바람으로 거실로 나왔다.

가족들은 이미 한자리에 모여 있었다.

"전쟁은 어떻게 될 것 같소? 우리들은 알 수가 없으니 답답하기 그지없소."

니콜라이 아버지가 제니소프에게 물었다.

"저희들도 잘 모릅니다. 그렇지만 이번 전쟁은 빠른 시일 안에 끝나지는 않을 것 같습니다."

제니소프의 말에 모두들 얼굴빛이 어두워졌다.

"보리스 어머니! 얼마 전에 보리스를 만났습니다."

니콜라이가 보리스의 어머니 드루베스카야 부인을 바라보며
보리스 이야기를 꺼냈다.

"보리스를 만났다고?"

보리스 어머니가 놀란 얼굴로 니콜라이를 바라보았다.

"제가 근위 연대로 보리스를 찾아갔지요. 보리스가 제게 아
버지의 편지를 전해 주었어요."

“그래, 보리스는 어떻게 지내니? 어디 다친 덴 없었어?”

“네, 아무 데도 다치지 않았어요. 근위 연대는 좀처럼 적과 맞닥뜨려 싸우는 일이 드물거든요.”

“그래, 정말 다행이로구나.”

보리스 어머니의 얼굴이 그제야 조금 밝아졌다.

“하느님! 우리 니콜라이와 보리스를 위험한 전쟁터에서 보호하여 주소서. 부인, 보리스가 하루속히 돌아오도록 우리 모두 기도할게요. 그러니 걱정 말아요.”

니콜라이의 어머니는 기도했다.

“그래도 그 애 얼굴을 볼 때까진 마음이 편하지 않을 거예요. 프랑스군을 물리칠 방법은 없을까요?”

“너무 걱정하지 마십시오. 조금만 참으시면 평화가 옵니다. 승리는 우리 러시아의 것이니까요. 저희들이 러시아군의 명예를 걸고 꼭 승리를 거두겠습니다. 니콜라이, 그렇지?”

제니소프가 힘주어 말했다.

“그럼요! 보리스 어머니, 걱정하지 마시고 조금만 참으세요.”

니콜라이도 보리스 어머니를 위로했다.

“그래. 니콜라이의 말을 믿겠어.”

그제야 보리스 어머니의 얼굴에 환한 미소가 번졌다.

안정을 되찾은 안드레이

　안드레이는 1809년에 접어들면서 안정을 되찾았다. 늦은 봄이 지나간 자리에 5월의 푸르름이 싱그럽게 물들었다. 안드레이는 땅 문제를 해결하려고 로스토프 백작 집으로 말을 몰았다. 로스토프 백작은 귀족 회장이었다. 안드레이는 흰 구름이 흘러가는 푸른 하늘을 생각 없이 바라보았다. 지저분한 마을, 타작 마당, 파릇파릇한 새싹, 눈이 덜 녹은 다리 옆 비탈길, 비에 진흙이 씻긴 언덕길, 그루터기만 남은 밭, 그리고 군데군데 있는 덤불을 지나 우거진 숲속으로 들어갔다. 숲속에는 바람 한 점 없었다. 낙엽을 들추어 내고 올라오는 꽃들이 예뻤다. 길가에 떡갈나무가 한 그루 서 있었는데, 자작나무보다 굵은

것이 두 아름은 되어 보였다.

그때 숲 오른쪽에서 소녀들의 웃음소리가 들렸다. 앞에 오던 소녀가 안드레이를 보고는 깜짝 놀라 걸음을 멈추었다. 노란 비단옷 때문인지 소녀의 까만 눈동자가 유난히 반짝였다.

'웬 낯선 사람이지?'

가냘퍼 보이는 소녀는 머리를 갸웃거리며 오던 길로 되돌아 갔다. 다른 소녀들도 그녀를 따라 돌아섰다. 안드레이는 소녀 들의 뒷모습을 보며 우울해졌다.

"왜 나를 보고 저렇게 놀라는 것일까? 무엇이 저 소녀들의 얼굴을 저렇게 즐겁고 행복해 보이게 하는 것일까?"

안드레이는 혼자 중얼거리면서 말을 몰았다. 머릿속에서 그 소녀들의 모습을 지울 수가 없었다.

어느덧 로스토프 백작의 집에 도착했다. 로스토프 백작은 아버지 보르콘스키 공작과는 달리 무척 쾌활했다. 그뿐 아니었다. 사냥과 연극과 음악을 즐기고, 만찬회 또한 자주 열었다. 성품이 그래서인지 사람 사귀기를 좋아했다.

"어서 오시오. 여기까지 찾아 주니 매우 기쁘오. 며칠 푹 쉬면서 즐겁게 지내기 바라오, 허허."

로스토프 백작은 안드레이를 반갑게 맞았다.

로스토프 백작은 상트페테르부르크와 모스크바 교외에 커다란 별장을 가지고 있었다. 지금은 시골에 내려와 지내고 있었다. 귀족이면서도 시골 마을 사람들과도 잘 어울려 지냈다.

"귀한 손님이 오셨으니 환영하는 뜻으로 연회를 열어야겠다. 자, 어서 준비를 서둘러라."

로스토프 백작은 손님들을 초대했다.

"안드레이입니다."

안드레이는 많은 손님들과 인사를 나누고 이야기를 했다. 그러나 흥이 나지 않았다.

"애야, 인사해라. 보르콘스키 공작님의 아들 안드레이란다.
전쟁터에서 부상을 당해 지금은 집에서 쉬고 있단다."

예쁜 소녀가 상냥하게 인사를 했다.

'어, 낮에 숲에서 만났던 까만 눈동자의 아가씨잖아!'

안드레이의 눈이 휘둥그레졌다. 예쁜 아가씨를 이곳에서 다
시 만날 줄은 몰랐다. 정말 뜻밖이었다.

"나타샤라고 해요. 우리 오빠도 지금 전쟁터에 있어요. 부상
을 입고 잠시 휴가 나왔다가 부대로 돌아갔어요."

나타샤는 묻지도 않은 말을 늘어놓았다. 아마도 안드레이와
이야기를 나누고 싶었던 모양이었다. 그러나 곧 그들은 서로
다른 자리로 옮기게 되었다.

나타샤는 연회를 하는 내내 소녀와 즐겁게 떠들어 댈 뿐 안
드레이에게 별다른 관심을 보이지 않았다. 나타샤가 그럴수록
안드레이는 자꾸만 그쪽으로 눈길이 갔다.

'저 아가씨는 뭐가 저렇게 즐거운 걸까? 무엇을 생각하고 있
기에 저렇게 수다쟁이가 된 거야.'

안드레이는 그녀에게 자꾸 관심이 쏠렸다. 연회가 끝났다.
안드레이는 2층에 있는 방으로 안내되었다.

방에 들어가자마자 침대에 누웠다. 간만에 먼길을 나섰던 터

라 상당히 피곤했지만, 쉽게 잠을 이룰 수 없었다. 낯선 곳이어서 그런 것일까? 이리저리 뒤척이기만 했다.

안드레이는 불을 켜고 책을 읽기로 했다. 하지만 방은 무더웠고, 책의 내용도 머리에 들어오지 않았다. 안드레이는 창문을 열었다. 달빛이 방으로 들어와 부서졌다. 상쾌한 공기도 밀려 들어왔다. 안드레이는 창틀에 팔을 괴고 창밖을 내다보았다. 위층에서 여자들의 노랫소리가 들려왔다. 나타샤와 소냐의 목소리인 듯싶었다.

소냐는 이 집안의 친척이었다. 두 소녀의 이야기는 밤이 깊도록 이어졌다.

'나타샤는 내게 관심이 없겠지?'

안드레이는 못내 서운한 생각이 들었다. 그러나 어쩔 수 없는 일이었다. 그러한 현실이 안타까웠을 뿐.

이튿날 아침 안드레이는 로스토프 백작에게 작별 인사를 하고 집을 나섰다. 안드레이가 탄 마차는 울창한 숲길로 들어섰다. 안드레이가 모스크바와 상트페테르부르크를 오갈 때마다 지나는 길이었다.

'이 숲 어딘가에 마음에 쏙 드는 떡갈나무가 있었는데…….'

안드레이는 숲길을 유심히 살폈다. 자작나무와 전나무 사이로 떡갈나무가 눈에 들어왔다. 떡갈나무의 크고 짙푸른 잎이 햇빛에 반짝였다. 나이 많은 떡갈나무라서 잎이 더욱 무성하고 웅장했다.

'나는 이제 겨우 서른한 살이야. 한창나이인데 왜 지금까지 이 떡갈나무만도 못하게 지냈을까.'

안드레이는 떡갈나무에서 많은 의미를 발견했다. 알 수 없는 기쁨이 밀물처럼 밀려왔다. 마음속 깊은 곳에서 훈훈한 봄바람이 불어오는 것만 같았다. 갑자기 용기가 솟아났다. 안드레이를 태운 마차가 숲길을 막 벗어나고 있었다.

'외롭게 혼자 산다는 건 어리석은 짓이야. 이제부턴 다른 사람들과 어울려 살 거야.'

안드레이는 마음을 굳게 다지며 집으로 향했다.

집으로 돌아온 안드레이는 시골 생활에 지루함을 느끼기 시작했다. 일도 손에 잡히지 않았으며, 혼자 방에 있다가 벌떡 일어나 거울을 보는 습관까지 생겼다. 거울에 비친 자신을 물끄러미 바라보다가 벽에 걸린 아내의 초상화를 바라보곤 했다. 금테 액자 속에서 아내 리자가 환하게 웃고 있었다.

사랑이 싹 트는 무도회

1809년 8월, 안드레이는 상트페테르부르크로 갔다. 1주일 후 뜻밖에도 입법 위원회의 부장이 되었던 것이다. 나폴레옹 법전과 유스티니아누스의 법전을 토대로 인권에 관한 책을 엮었다.

얼마 후 로스토프 백작의 가족들도 시골에서 상트페테르부르크로 옮겨 왔다. 그동안 로스토프 백작의 집안 형편이 나빠져서 더 이상 시골에서 살 수가 없었다. 그러나 살림이 어려워졌음에도 로스토프 백작 부인의 씀씀이는 달라지지 않았다. 그녀는 절약이라는 것을 몰랐다.

'우리 애들을 하루 빨리 결혼시켜야 하는데…….'

그것이 로스토프 백작 부인의 유일한 소원이었다. 다 큰 자식들을 처녀 총각으로 늙게 할 수는 없었다. 상류 사회에서 얼마나 훌륭한 사람을 찾아 내느냐 하는 것이 문제였다.

'어떻게 하면 돈 많고 성격 좋은 배우자를 찾을 수 있을까?'

로스토프 백작 부인은 자나깨나 이 생각뿐이었다.

로스토프 백작 집안에서 결혼한 자식은 큰딸 베라뿐이었다. 군대에 있는 니콜라이, 숙녀티가 나는 둘째 딸 나타샤, 막내아들 페챠까지 모두 결혼할 나이였다.

어느 날, 모스크바에서 가장 화려한 무도회 가운데 하나인 '대귀족의 무도회'가 열린다는 소문이 들렸다. 이번 무도회에는 특별히 외교단과 황제도 참석한다고 했다.

로스토프 백작의 가족들도 이 무도회에 초대를 받았다. 나타샤는 이처럼 큰 무도회에 참석하는 것이 처음이라 마음이 들떠 있었다. 이번 무도회는 나타샤가 사교계에 첫발을 내딛을 수 있는 좋은 기회였다. 그래서 나타샤의 기대는 더욱 컸다.

무도회장은 많은 손님들로 북적거렸다. 손님들은 황제를 기다리며 이야기꽃을 피웠다. 불빛이 눈부셨다. 나타샤의 눈은 한 곳에 머물지 못하고 무도회장 주변을 계속 두리번거리고 있었다. 이곳에 초대받은 사람들은 상트페테르부르크에서 내

로라하는 귀족들이었다.

'이 많은 사람들 가운데 내가 아는 사람은 하나도 없네.'

아무리 둘러보아도 나타샤에게는 낯선 얼굴들뿐이었다.

"어머, 저기 피에르잖아!"

드디어 아는 얼굴이 눈에 띄었다. 피에르였다. 나타샤는 미소를 지었다. 피에르도 나타샤를 본 듯했다.

나타샤의 집에 드나드는 사람들 가운데 피에르가 가장 마음씨 좋고 너그러웠다. 피에르는 아버지의 뒤를 이어 베즈호프 백작이 되었으며, 유산 덕분에 부유하게 살았다.

얼마 전에 쿠라킨 공작의 딸 엘렌과 결혼을 했는데, 둘 사이가 그리 좋지 않다는 소문이 자자했다.

피에르가 나타샤 쪽으로 뚜벅뚜벅 걸어오고 있었다.

'나한테 오려나 봐.'

나타샤는 피에르가 다가오기를 기다렸다.

'나타샤! 무도회에서 함께 춤출 사람을 소개시켜 주겠소.'

나타샤는 피에르가 며칠 전에 한 약속을 잊지 않고 있었다. 그러나 피에르는 나타샤에게 오다 말고 흰 군복 차림의 멋진 남자 앞에서 걸음을 멈추었다. 피에르는 그 남자와 이야기를 나누고 있었다.

‘아, 생각났다. 얼마 전 시골집에 왔던 그 사람이야…….’

거무스름한 피부에 별로 크지 않은 키, 잘생긴 남자의 얼굴이 눈에 익었다. 바로 안드레이였다.

“전보다 훨씬 젊어 보이는걸. 활기차 보이기도 하고…….”

나타샤는 왠지 반갑게 느껴져서 혼자 중얼거렸다.

무도회장에 온 귀부인들은 끼리끼리 모여서 남자들을 평가하기에 바빴다. 결혼을 해야 할 딸이 있는 경우 자연히 젊은 남자에 대한 이야기꽃을 피울 수밖에 없었다.

그때 요란스러운 음악 소리가 무도회장을 가득 메웠다. 웅성거리던 손님들이 일제히 두 갈래로 갈라섰다. 그러자 곧 황제가 들어왔다. 폴란드의 무도곡이 울려 퍼졌다. 귀부인들은 제각기 짝을 찾아 춤을 추기 시작했다. 짝을 이루지 못한 몇몇 귀부인들은 벽 쪽에 서서 춤을 구경하고 있었다. 로스토프 백작의 가족들도 벽 쪽에 서서 춤추는 사람들의 모습을 지켜보고 있었다.

나타샤의 마음은 비참하기 그지없었다.

‘내가 왜 초라하게 여기 서 있어야 하지?’

나타샤는 자기 존재가 서글퍼졌다. 생각 같아서는 달려나가 아무나 붙잡고 춤을 추고 싶었다.

'왜들 이렇게 내 마음을 몰라주지? 내가 춤을 얼마나 잘 추는지 모르는 모양이야. 그걸 알면 모두들 나와 춤을 추자고 할 거야. 내 춤솜씨를 알릴 수 있는 방법이 없을까?'

나타샤의 이런 마음을 알아주는 사람은 아무도 없었다. 아나톨리가 춤을 추면서 나타샤 앞을 지나쳤다. 그는 쿠라킨 공작의 아들이며 피에르의 아내인 엘렌의 오빠였다. 바람둥이라고 소문이 자자할 정도로 행동이 바르지 못했다. 아나톨리는 나타샤를 힐끗 보고는 다른 곳으로 눈을 돌렸다. 보리스가 한 여자와 춤을 추면서 가까이 다가왔지만 나타샤에게 눈을 돌리지는 않았다. 그때 피에르가 손짓을 하자 안드레이가 나타샤 쪽으로 고개를 돌렸다.

'아! 나타샤!'

안드레이는 반가움에 하마터면 외마디소리를 지를 뻔했다. 그는 로스토프 백작 부인 쪽으로 천천히 걸어왔다.

"안녕하셨습니까?"

안드레이가 공손하게 인사를 했다.

"전에 한번 뵌 적이 있지요."

로스토프 백작 부인도 정답게 웃었다. 나타샤도 어머니 옆에서 생긋 웃고 있었다.

“함께 춤출 영광을 베풀어 주시겠습니까?”

안드레이는 나타샤에게 손을 내밀었다.

“저도 영광이에요.”

나타샤가 활짝 웃으면서 안드레이의 손을 잡았다.

둘의 춤솜씨는 아주 훌륭했다. 나타샤는 발을 재빠르게 움직
이며 춤을 추었다. 나타샤의 얼굴에 행복이 넘쳐났다. 안드레

이의 표정에서도 활기가 넘쳐흘렀다. 춤은 짝을 바꾸어 가며 이어지고 있었다. 음악이 몇 번 돌자 안드레이는 나타샤와 다시 짝이 되어 춤을 추었다.

"나타샤! 전에 숲속에서 처음 보았을 때 하늘에서 천사가 내려온 줄 알았어요. 그리고 그날 밤 나타샤의 노랫소리에 도무지 잠을 이루지 못했지요. 어디 그뿐인 줄 아세요? 위층에서 나타샤가 하는 말을 엿듣고 황홀했어요."

안드레이는 나타샤의 귀에 대고 처음 만났을 때의 느낌을 속삭였다. 나타샤는 안드레이의 속삭임을 듣고 얼굴을 붉혔다. 마치 무엇인가를 들켜 버린 기분이었다.

안드레이는 순진하고 꾸밈없는 나타샤의 그런 모습이 무척 마음에 들었다. 나타샤의 얼굴은 행복감에 젖어 있었다.

안드레이는 나타샤의 반짝이는 눈빛과 수줍은 미소에 감탄했다. 다시 짝이 바뀌었다. 안드레이는 저만치 물러나와 의자에 앉았다. 그는 춤을 추는 나타샤의 모습을 바라보며 알 수 없는 행복을 느끼고 있었다.

나타샤는 춤을 잠시 멈추고 어머니가 서 있는 쪽으로 걸어가고 있었다.

'저 아름다운 아가씨가 내 아내가 되어 준다면…….'

안드레이는 나타샤의 뒷모습을 바라보며 생각했다. 생각만으로도 가슴 설레는 일이었다.

나타샤는 다시 안드레이 쪽으로 오다가 창가에 서 있는 피에르를 보았다. 그 모습이 쓸쓸해 보였다. 피에르의 아내 엘렌은 빼어난 미인이었다. 사교계의 여왕이라고 불릴 정도였다. 그래서 언제 어디서나 자기가 제일이라는 듯 우쭐댔다. 그리고 늘 젊은 남자들에게 둘러싸여 무도회장을 누비고 다녔다. 피에르는 자기를 무시하는 듯한 엘렌의 행동이 못마땅했다. 피에르의 마음은 아내 엘렌에게서 점점 멀어지고 있었다.

"피에르, 무도회가 참 즐겁네요. 안 그래요?"

나타샤가 가만히 다가가서 말했다. 그에게 무슨 말이든 해 주고 싶었던 것이다.

"그래요, 조금 유쾌하군요."

피에르는 나타샤를 돌아보며 건성으로 대답했다.

'왜 저럴까? 마음이 넓기로 소문난 사람이…….'

나타샤는 어떠한 말로도 피에르를 위로할 수 없다는 것을 깨달았다. 그녀는 안드레이 쪽으로 걸음을 옮겼다.

"좀 쉬어야겠어요."

나타샤는 안드레이 곁에 앉았다. 정말 즐거운 무도회였다.

무도회가 끝나자 모두 식당으로 가기 시작했다.

그 이튿날 안드레이는 로스토프 백작의 초대를 받았다. 나타샤를 볼 수 있다는 생각에 발걸음이 가벼웠다.

제일 먼저 안드레이를 맞이한 사람은 나타샤였다. 그녀는 화려하게 꾸몄던 전날과 달리 소박한 옷차림을 하고서 환하게 웃고 있었다. 안드레이는 지금 그녀의 모습이 더 아름답다고 생각했다.

로스토프 백작의 가족들은 매우 친절했다.

'떠도는 소문과 달리 매우 다정하고 따뜻한 가족이로군.'

안드레이는 로스토프 백작의 가족들에 대해 좋지 않은 선입견을 가지고 있었다. 사람들이 로스토프 백작을 무능한 귀족이라고 수군거렸던 탓이 컸다. 그런데 알고 보니 그렇지 않았다. 모두들 교양 있고 쾌활하고 다정했다. 로스토프 가족에 대해 잠깐이라도 잘못 생각했던 것이 몹시 부끄러웠다.

식사가 끝나고, 안드레이는 나타샤에게 노래를 부탁했다. 나타샤는 망설임 없이 노래를 불렀다.

'아! 천사의 노래 같군.'

그 순간만큼은 누구보다 행복했다. 안드레이는 눈을 지긋이 감고 나타샤의 달콤한 노래를 들었다.

“어때요? 맘에 드세요?”

노래를 끝낸 나타샤가 안드레이 옆으로 다가와 속삭였다.

안드레이는 그제야 눈을 뜨고 고개를 끄덕였다. 말로는 표현

할 수 없었다. 안드레이는 나타샤의 아름다움에 취해 밤늦게

집으로 돌아왔다.

“그래, 어땠니?”

나타샤의 어머니가 속삭이듯 물었다.

"그냥 즐거웠어요."

"그래, 그러니까 물어보는 거 아니니?"

"무슨 말씀이에요?"

"그 사람, 안드레이를 어떻게 생각하느냐 이 말이야."

"어머니도 참……. 어머닌 그 사람을 제 신랑감으로 생각하고 계신가 봐요?"

"……."

나타샤의 어머니는 아무 말 없이 미소를 지었다.

안드레이가 마음에 드는 눈치였다.

"어머니, 그 사람 홀아비라고 하던데요."

나타샤의 어머니는 웃으면서 고개를 끄덕였다. 그 웃음은 안드레이가 마음에 든다는 표현인지도 몰랐다.

"어머니! 홀아비를 만나는 게 부끄러운 일은 아니지요?"

"나타샤, 결혼은 하늘에서 정해 주는 거란다. 늦었으니 그만 자거라."

어머니는 얼른 말을 돌리고 밖으로 나갔다.

한편 안드레이는 피에르를 만나서 나타샤에 대한 자기의 사랑을 고백했다.

“피에르, 내가 나타샤와 결혼하면 어떻겠나?”

피에르는 아내 문제로 고민하고 있었다.

“괜찮을 것 같게.”

피에르는 건성으로 대답했다.

안드레이는 자신이 한 아이의 아버지라는 점 때문에 무척 신경이 쓰였던 것이다.

“피에르! 나 같은 사람이 나타샤와 결혼을 해도 될까?”

“그게 문제가 될 수는 없지. 무엇보다 두 사람의 사랑이 중요한 거 아니겠나. 사랑만 한다면 그건 문제가 되지 않아.”

피에르는 바람기 있는 아내 엘렌을 생각하며 쓸쓸히 웃었다.

“이제야 난 살아가는 의미를 깨달았어. 나타샤를 만난 뒤 용기가 용솟음친다네. 그런데 나타샤가…….”

안드레이는 말끝을 흐렸다.

“그건 염려 말게. 나타샤도 자네를 사랑하고 있어. 미적거리지 말고 빨리 결혼하게.”

“알았네. 정말 고마워.”

안드레이는 피에르에게 진정한 우정을 느꼈다.

나타샤, 내게로 와 줘!

안드레이는 마침내 아버지 보르콘스키 공작에게 결혼 허락을 받으러 갔다.

"뭐라고? 로스토프 백작의 딸과 결혼을 하겠다고?"

보르콘스키 공작의 얼굴이 일그러졌다.

'우리 집안의 며느리로는 어울리지 않아. 우리가 어떤 가문인데. 대대로 명문 귀족 집안이 아닌가?'

보르콘스키 공작은 로스토프 백작의 집안과는 문벌, 재산, 지위 따위가 전혀 어울리지 않는다고 생각했다.

'어림도 없지. 그 집안은 너무 기울어서 안 돼!'

보르콘스키 공작은 아들 안드레이의 얼굴을 넌지시 바라보

았다. 안드레이는 아버지의 허락이 떨어지기만을 애타게 기다
리고 있었다.

'집안이 좀 차이나기는 해도 설마 반대는 안 하시겠지.'

안드레이는 점점 초조해졌다.

보르콘스키 공작이 천천히 입을 열었다.

"결혼 얘기는 1년 뒤에 다시 하자. 무엇보다 중요한 건 네 건
강이다. 외국에 가서 얼마 동안 요양을 하도록 해라. 결혼 문
제는 그 다음에 생각해도 늦지 않아. 사랑이든 정열이든 아무
래도 좋다. 그건 그때 가서 네가 알아서 하렴. 이건 내 마지막
말이다."

아버지 보르콘스키 공작의 말은 나타샤와 결혼을 반대한다
는 뜻이었다.

"아버지, 결혼식은 1년 후에 해도 됩니다만, 약혼식은 곧바
로 하겠습니다."

보르콘스키 공작은 더 이상 아무 말도 하지 않았다. 그런 것
쯤은 마음대로 하라는 뜻 같았다.

나타샤는 하루 종일 안드레이를 기다렸다. 그러나 아무리 기
다려도 안드레이는 나타나지 않았다.

나타샤는 그가 아버지한테 갔다는 사실을 몰랐다. 그래서 안

드레이가 오지 않는다고 투덜거렸다. 나타샤는 외출도 하지 않고, 안드레이가 오기만을 기다렸다.

그렇게 3주가 지났다. 드디어 안드레이가 나타샤의 집으로 찾아왔다.

"어머니, 안드레이가 왔어요!"

나타샤는 방으로 들어가면서 말했다. 자기 마음을 모르고 이제 나타난 것이 못마땅했던 것이다.

안드레이는 나타샤의 어머니에게 공손하게 인사했다.

"얼마 동안 못 봤군요."

나타샤의 어머니는 안드레이를 반갑게 맞아 주었다.

"아버님께 중요한 문제를 상의하느라 지금까지 아버님 댁에 있다가 이제 겨우 돌아왔습니다. 실은 드릴 말씀이 있어서 이렇게 찾아왔습니다."

안드레이는 어찌할 바를 몰라 하며 한숨을 쉬었다.

"무슨 말인지 모르지만 어렵게 생각하지 말고 해 보세요."

어머니의 말이 끝나기 무섭게 나타샤가 거실로 나왔다.

안드레이는 말을 하려다 나타샤를 보고는 멈칫했다.

"나타샤, 잠깐 방으로 들어가 있으면 좋겠어요. 조금 있다 부를 테니……."

순간 나타샤의 어머니는 안드레이가 어려운 말을 꺼내려 한다는 것을 짐작했다. 나타샤는 안드레이와 어머니의 얼굴을 번갈아 보더니 방으로 들어갔다.

"저, 사실은 따님에게 청혼하러 왔습니다."

안드레이의 말에 나타샤의 어머니는 매우 놀랐다. 너무나 뜻밖이라 한동안 대답을 할 수가 없었다. 그녀는 한참을 머뭇거리다가 말을 꺼냈다.

"나타샤에게 청혼하신다니 우리로선 기쁜 일입니다. 나는 물론이고 나타샤 아버지도 기뻐하실 겁니다. 그러나 결혼은 어디까지나 본인 마음에 달려 있으니까요."

"저는 어머님께 승낙을 받고 나타샤에게 말할 작정입니다. 그러니 허락해 주십시오."

"그렇지만 그쪽 아버님의 뜻은……?"

"아버님께서는 결혼식을 1년 뒤에 한다면 승낙한다고 하셨습니다."

안드레이는 조심스럽게 말했다.

"그야 나타샤도 나이가 어리니까요."

나타샤의 어머니는 나타샤를 데리러 방으로 들어갔다.

"나가 봐라. 안드레이가 너에게 청혼했다."

그 말을 듣고 나타샤도 깜짝 놀랐다. 이렇게 갑자기 청혼할 줄은 꿈에도 몰랐기 때문이다.

나타샤는 잠시 마음을 가다듬고서 방에서 나와 안드레이 앞에 섰다.

"나는 처음 당신을 본 순간부터 사랑했습니다. 당신도 나를 사랑해 주시겠지요?"

"네."

나타샤는 엉겹결에 대답을 하고 말았다.

안드레이는 뛸 듯이 기뻐하며 나타샤의 두 손을 꼭 잡았다.

"나타샤! 결혼식은 1년 후에 올리기로 합시다. 우리 아버님께서 그렇게 했으면 하세요."

안드레이는 나타샤의 눈치를 살폈다.

'1년이라니, 난 기다림에 지쳐 죽을지도 몰라요.'

입에서 이런 말이 불쑥 튀어나올 뻔했지만, 나타샤는 짐짓 기쁘고 행복한 표정을 얼굴 가득 그려 내며 이렇게 대답했다.

"그렇게 해요. 1년은 거뜬히 참을 수 있어요. 행복해요."

"나타샤, 우리 약혼식도 생략하는 건 어때요?"

"형식적인 약혼식이 무슨 의미가 있겠어요? 우린 이미 서로의 마음속에 결혼을 약속했는걸요."

나타샤는 아무래도 좋았다. 이제 나타샤의 생각대로 할 수 있는 일은 없었다. 이미 안드레이가 하자는 대로 따르겠다고 했으니 어쩔 수 없는 일이었다. 사랑하는 안드레이만 옆에 있으면 좋다고 생각했다.

그날 이후부터 안드레이는 약혼자로서 나타샤의 집에 자주 들렀다.

얼마 후 안드레이는 외국으로 여행을 떠났다. 안드레이가 떠난 뒤 그의 아버지 보르콘스키 공작의 건강이 나빠졌다. 걸핏하면 화를 내고 까닭 모를 분노를 마리아에게 퍼부었다. 이 무렵 마리아는 오빠에게서 편지를 받았다.

그녀는 오빠의 편지를 아버지에게 보여 주었다.

"오빠에게 답장을 써라. 내가 죽을 때까지 기다리라고……. 그리고 그리 오래 걸리지 않는다고……. 곧 자유롭게 해 준다고 써라."

보르콘스키 공작은 여전히 아들의 결혼을 못마땅하게 생각하고 있었다.

그러나 마리아는 아버지의 마음을 있는 그대로 전하지 않았다. 아버지가 언젠가는 오빠를 이해해 줄 것이라고 위로했다.

쓸쓸한 생활

니콜라이는 어머니의 편지를 받을 때마다 마음이 무거웠다.

나타샤가 안드레이와 약혼을 했다. 결혼 준비도 해야 할 텐데 걱정이 이만저만 아니다.

집안 형편도 점점 어려워지고 있으니, 이젠 네가 집으로 돌아와서 늙은 부모를 기쁘게 해 주고 안심시켜 줄 때도 되었다고 생각한다.

니콜라이의 어머니는 푸념으로 가득 찬 편지만 보내 왔다. 게다가 나타샤의 결혼도 달갑지 않았다. 두 사람이 서로 사랑

한다니 다행이지만, 마치 안드레이에게 사랑하는 여동생을 빼
앗기는 것만 같아 기분이 좋지 않았다.

'보르콘스키 공작은 괴팍하고 고집이 세기로 유명한데, 그
집 며느리로 견딜 수 있을까? 더구나 1년씩이나 기다리라고
해 놓고 자기 아들을 외국으로 보내다니, 정말 너무하잖아. 안
드레이도 그렇지. 제 아버지의 말만 듣고 혼자 외국 여행을 떠
나다니.'

니콜라이는 나타샤의 일이 걱정될수록 안드레이가 못마땅하
게 생각되었다.

사랑하는 아들아!

네가 돌아와 집안일을 정리해 주지 않으면 영지는 경매에
부쳐지고, 우린 모두 거지 신세가 되어 길거리로 나앉게 될
거다. 네 아버지는 사람이 좋아서 늘 속기만 하기 때문에 일이
자꾸 꼬여만 가는구나.

니콜라이는 이런 내용의 편지를 여러 번 받았지만, 군대 생
활에 열중하느라 답장을 보내지 못했다. 그러나 이번 편지를
받고 집으로 돌아가기로 마음먹었다. 더구나 러시아와 프랑스

가 강화 조약을 맺음으로써 전쟁은 끝나고, 러시아에도 평화가 찾아왔다.

니콜라이는 휴가를 얻어 집으로 돌아왔다. 누구보다도 남동생 폐챠가 니콜라이를 놀라게 했다. 폐챠는 어느새 사춘기에 접어든 열세 살의 장난꾸러기 소년이 되어 있었다.

"나타샤, 너도 많이 변했구나."

니콜라이가 웃으면서 말했다.

"오빠, 내 얼굴이 나빠졌다는 거예요?"

"천만에. 공작 부인이 되어서 그런지 조금 도도해 보여."

몰라보게 예뻐진 나타샤를 보고 니콜라이는 은근히 비꼬는 투로 대답했다.

"그래요, 샘나지요?"

나타샤는 웃으며 안드레이에게서 온 편지를 보여 주었다.

"오빠! 어때요? 기쁘지요?"

"그래, 무척 기쁘다. 안드레이는 훌륭한 사람이야."

나타샤는 니콜라이의 말에 기분이 하늘로 붕 뜨는 듯했다. 니콜라이도 같이 웃어 주었다. 니콜라이는 사랑하는 동생 나타샤를 위해서 좋은 말을 해야겠다고 생각했다.

집에는 니콜라이가 해야 할 일이 많았다. 휴가 사흘째 되던

날이었다. 니콜라이는 관리인이 머무는 아래채로 갔다.

"장부와 증빙 서류들을 모두 가져오시오."

니콜라이는 굳은 얼굴로 말했다. 그는 집안이 기운 데에는 관리인의 책임이 크다고 생각했다. 니콜라이가 장부를 들여다보고 서류를 맞춘 시간은 많이 걸리지 않았다.

관리인의 방에서 느닷없이 고함 소리가 흘러 나왔다.

"난 아버지와 달라. 아버지는 속일 수 있어도 나는 못 속여!"

니콜라이는 관리인에게 으름장을 놓았다.

"얼른 꺼져! 이 집안에 네 냄새조차 남기지 마!"

관리인은 더럭 겁을 집어먹고 달아났다.

니콜라이는 관리인에게 엄해야 한다고 생각했다.

"얘야! 관리인을 혼내 주었다고 들었다. 관리인은 잘못이 없다. 장부를 잘못 적었을 뿐이야."

아버지 로스토프 백작은 오히려 니콜라이를 나무랐다. 마음 좋은 니콜라이의 아버지는 소작인과 관리인에게 냉정하지 못했다. 아버지가 나서서 말리는 데에는 니콜라이도 어쩔 수 없었다.

'내 마음대로 할 수 있는 게 하나도 없군.'

니콜라이는 집에 돌아온 것을 후회하기도 했다.

집안 살림은 날이 갈수록 어려워졌다. 아버지 로스토프 백작은 귀족 회장직을 그만두었다. 귀족 회장 자리는 돈이 너무 많이 들었다. 집안 살림을 더 이상 축내지 않으려면 그 방법밖에 없었다. 그러나 집안 살림은 전혀 나아지지 않았다.

로스토프 백작은 50마리나 되는 사냥개와 50마리가 넘는 말을 키웠다. 거기에다 사냥꾼과 사냥개 조련사, 마부들을 부리는 데에도 돈이 많이 들었다.

니콜라이는 아버지와 생각이 확연히 달랐기 때문에 집안일에서 손을 놓았다. 그러다 보니 하는 일 없이 시간만 보내게 되었다. 그는 사냥개들을 돌보는 일에만 정신을 쏟았다.

니콜라이는 모스크바 총독의 부관으로 임명되어 모스크바에 머무르게 되었다.

벌써 겨울이 되었다. 간밤에 내린 서리에 땅이 꽁꽁 얼어붙었다. 서리를 맞은 나뭇잎은 앞다투어 단풍이 들기 시작했다. 들토끼는 털갈이를 하고 새끼 여우들은 흩어지기 시작했다. 늑대들은 개보다 커졌다. 사냥하기 좋은 계절이 된 것이었다.

니콜라이는 현관 밖으로 나갔다. 뜰에 안개가 자욱했다.

"오늘 날씨가 참 좋겠군."

니콜라이는 안개를 보며 중얼거렸다.

아침에 안개가 자욱하게 끼면 하루 종일 맑았다. 낮에는 햇살이 밝고 따사로울 것이 틀림없었다.

"안녕하세요? 도련님!"

사냥개 조련사 다닐로가 개들과 산책을 나가는 길에 니콜라이에게 인사를 했다.

'그래, 이렇게 좋은 날에 집에 틀어박혀 있을 수는 없지. 옳지, 사냥을 가자, 사냥!'

니콜라이의 마음은 벌써 사냥터로 달리고 있었다.

"다닐로, 사냥을 갈 테니 서둘러 준비 좀 해 주게."

니콜라이는 서둘렀다.

"자, 출발이다!"

니콜라이가 소리 높여 말했다.

사냥개 50마리와 사냥꾼들이 앞장을 섰다. 사냥터는 그리 멀지 않았다. 로스토프 백작과 나타샤, 페챠가 마차에서 내렸다. 사냥꾼들은 저마다 맡은 자리로 달려갔다. 늑대 보금자리가 있는 떡갈나무 숲에서부터 사냥을 시작하기로 했다.

나타샤는 머리에 수건을 쓰고 어머니와 페챠가 탄 말을 따랐다. 페챠는 신이 났다.

"넌 형이 하라는 대로만 하면 돼. 어떤 일이 있어도 겁먹지 말고 여기 서 있어야 한다."

니콜라이는 폐챠를 한 곳에 세워 두고 골짜기를 향해 말을 달렸다. 로스토프 백작도 말에 올라탔다.

드디어 사냥이 시작되었다. 몰이꾼들의 함성과 사냥개들의 으르렁대는 소리가 요란하게 들렸다. 늑대 냄새를 맡은 사냥개들이 앞으로 내달렸다.

늑대는 니콜라이가 있는 쪽으로 달려오고 있었다. 몰이꾼들의 소리가 뒤에서 나는 것으로 착각한 듯싶었다. 니콜라이가 앞에서 목을 지키고 있는 줄도 모르고 늑대는 온 힘을 다해 달려왔다. 니콜라이는 바짝 긴장했다.

"늑대다! 덤벼라!"

니콜라이가 소리쳤다. 그 소리에 얼룩 사냥개 한 마리가 쏜살같이 늑대를 향해 달려들었다. 사냥개는 단번에 늑대의 뒷다리를 물고 늘어졌다. 그러자 다른 사냥개들도 번개같이 우르르 몰려들었다. 늑대는 사냥개들의 힘에 못 이겨 그만 벌렁 드러눕고 말았다. 사냥개들은 늑대 위로 올라타고 늑대의 귀를 물었다.

니콜라이는 늑대를 잡으려고 단도를 높이 치켜들었다.

"그러실 필요 없습니다. 사로잡는 게 좋겠습니다."

다닐로가 늑대의 목을 발로 누르고, 주둥이에 막대를 끼웠다. 늑대는 힘을 쓰지 못하고 버둥거리기만 했다.

다닐로는 늑대의 네 발을 꽁꽁 묶어 마차에 실었다.

'전쟁도 사냥 같은 거겠지.'

페챠는 긴장된 마음으로 사냥하는 모습을 지켜보고 있었다.

"이봐, 페챠! 무섭지 않았니?"

니콜라이가 페챠 옆으로 달려오며 외쳤다.

"멋있었어요! 형님, 전쟁도 이런 거라는 생각이 들어요."

페챠는 어깨를 으쓱해 보이며 대답했다.

"전쟁은 사냥과 달라. 사냥은 한쪽에서만 공격하지만 전쟁은 적과 우리가 서로 공격해야 하니까 한시도 마음을 놓을 수 없어. 자칫 실수하면 죽는 게 전쟁이라고."

니콜라이는 골짜기로 눈을 돌리며 말했다. 그때 늑대 한 마리가 눈에 띄었다.

"늑대가 나타났다!"

니콜라이가 소리쳤다. 옆에 있던 사냥개들이 총알같이 달려갔다. 니콜라이도 말을 채찍질하며 곧장 내달렸다.

"형님! 잘하세요!"

페챠는 늑대 쪽으로 달려가는 형을 응원했다.

잠시 후 니콜라이는 늑대를 사로잡아 네 발을 묶어서 돌아왔
다. 그는 마음이 흐뭇해졌다.

"이 털 좀 봐. 정말 멋있다."

페챠는 늑대를 만지려 했다.

늑대는 버둥거리며 페챠를 노려보았다.

시간이 많이 흘렀다. 사냥꾼들은 자기가 잡은 사냥감을 들고 하나둘씩 모여들었다. 여우를 산 채로 잡아 메고 온 사냥꾼도 있었다. 그들은 서로 자랑을 늘어놓았다.

니콜라이는 오랜만에 마음이 후련해졌다. 집안일 때문에 늘 마음이 무거웠는데, 오늘은 날아갈 것만 같았다. 그래서 즐거운 마음으로 집으로 향했다.

'니콜라이, 너는 모른다. 이 에미의 마음을 누가 알겠니.'

모처럼 밝게 웃는 아들을 바라보는 어머니의 마음은 우울하기만 했다.

'니콜라이! 네 아버지께서도 힘드실 게다. 평생 가난이라는 것을 모르고 사신 분이잖니.'

그녀는 모든 게 남편 탓이라고 생각했다. 그렇다고 남편만 원망하고 싶지는 않았다.

'어떻게 해서든 우리 집안을 다시 일으켜야 하는데.'

어머니의 간절한 마음은 비누 거품처럼 허망했다. 여러 가지로 궁리해 보았지만 뾰족한 방법이 없었던 것이다.

'그래, 희망이 전혀 없는 건 아니야. 줄리 정도면 니콜라이에게 어울리는 배필이 될 수 있어.'

니콜라이의 어머니는 줄리에게 가느다란 희망을 걸기로 했다. 니콜라이를 아주 부잣집에 장가만 보낸다면 주름진 집안 살림이 펴질 것이라고 믿었던 것이다. 물론 그건 그녀 혼자만의 생각이었다.

줄리는 모스크바의 부잣집 딸로, 그녀의 부모는 훌륭하고 덕망이 높은 사람이었다. 로스토프 백작은 줄리의 집안과 오래 전부터 친하게 지내 왔다.

"줄리와 결혼만 하게 되면 기울어진 우리 집안을 다시 일으킬 수 있다, 니콜라이."

어머니는 간절한 눈으로 니콜라이를 바라보았다. 그러나 어머니의 애타는 호소도 니콜라이에게는 들리지 않았다.

"애야! 속 시원하게 뭐라고 말 좀 해 봐라."

"어머니! 제가 재산이 없는 아가씨를 사랑하고 있다면 어쩌시겠습니까? 그래도 재산을 위해 저의 감정이나 명예를 희생하라고 하시겠습니까?"

니콜라이의 대답은 얼음장처럼 차가웠다.

"그게 무슨 말이니? 그런 게 아니란다. 너는 이 에미의 마음을 모른다. 애야, 나는 오로지 네가 행복하게 살기를 간절히 바랄 뿐이란다."

니콜라이의 어머니는 이렇게 말했지만, 마음은 정반대였다.

속이 타서 견딜 수가 없을 지경이었다. 그녀는 그만 울음을 터뜨리고 말았다.

"어머니, 울지 마세요. 어머니가 원하는 것이 무엇인지 말씀해 주세요. 어머니의 마음이 편안해지기만 한다면 무엇이든지 다 하겠습니다."

"아니다."

어머니는 고개를 가로저었다. 아들의 희생을 바라지는 않았지만, 어머니는 생각부터 다른 사람이었다.

'이걸 어쩌면 좋단 말인가?'

어머니는 니콜라이의 방을 나가면서 눈물을 닦았다.

그 후 어머니는 아들 니콜라이의 결혼에 대해서만큼은 입을 꾹 다물었다.

흔들리는 나타샤의 마음

안드레이의 아버지 보르콘스키 공작은 마리아를 데리고 모스크바로 왔다. 보르콘스키 공작의 모스크바 생활은 더할 나위 없이 바빴다. 집에는 많은 사람들이 드나들었다. 공작은 집에 드나드는 사람들과 친하게 지냈다. 모두 옛날에 만났던 사람들이었다. 그들은 만나기만 하면 정치 이야기로 시간을 보냈다.

'아! 따분하다.'

마리아는 외로웠다. 아는 사람도 별로 없었고 나들이를 갈 만한 곳도 없었다. 시간만 나면 한숨과 함께 이런 푸념이 나오곤 했다. 마리아에게는 낯선 모스크바 생활이 결코 행복하지 않았던 것이다.

어느 날 밤이었다. 보르콘스키 공작 집에 많은 사람들이 몰려들었다.

"나폴레옹은 유럽이 자기 손바닥 위에 있다고 생각하는 것 같습니다. 마치 해적이 빼앗은 배를 다루는 듯하네요."

로스토프 백작이 이야기를 시작했다.

"50만 군대를 가진 우리 러시아만이라도 그 따위 나폴레옹에게 얕잡혀서는 안 됩니다."

모두 불안한 마음이었다. 안개가 자욱한 강을 건너는 것처럼 앞날을 전혀 예측할 수가 없었다. 의견이 모아지지 않자 사람들이 자리에서 일어났다.

피에르 혼자 남았다. 피에르는 사람들의 말을 듣기만 하고 줄곧 입을 다물고 있었다. 사람들이 모두 돌아간 뒤 피에르는 마리아 곁으로 다가갔다.

"저 청년을 전부터 잘 아십니까?"

피에르는 정중하게 물었다. 마리아는 눈을 동그렇게 뜨고 피에르를 쳐다보았다.

"누구 말씀하시는 건가요?"

"보리스 말입니다."

“아니에요.”

마리아는 냉정하게 잘라 말했다.

“그럼, 따로 마음에 두고 있는 사람이라도 있습니까?”

마리아의 냉정한 태도에 피에르는 당황해서 물었다.

“네, 있습니다. 그런데 왜 그런 걸 물으시죠?”

마리아는 의아한 표정을 지었다.

“별다른 이유는 없습니다. 다만 젊은 군인들이 부잣집 딸과 결혼하려고 휴가를 받아 모스크바로 몰려들고 있다는 말을 들어서요.”

“글쎄요.”

마리아는 시큰둥하게 대답했다.

“보리스도 그 가운데 한 사람이라고 들었습니다. 모스크바에서 제일 가는 부잣집 딸 줄리와 가깝게 지낸다고 하던데요.”

“줄리와요?”

“그래요. 줄리의 집에 보리스가 드나든다는 거예요. 내 생각으로는 보리스가 관심을 가지고 있는 사람은 마리아 당신과 줄리인 것 같은데요?”

줄리는 마리아의 친구였다. 그 소리를 들으니 괜히 마음이 설레었다.

“마리아, 보리스와 결혼할 생각은 없으십니까?”

피에르는 마리아의 얼굴을 뚫어지게 쳐다보았다.

“글쎄요. 아주 가끔은 아무한테나 시집을 가 버릴까 하는 생각을 할 때가 있어요.”

마리아는 눈을 아래로 내리깔고 말했다. 목소리가 몹시 떨리고 있었다.

“어머, 내가 왜 이러지? 피에르 씨! 방금 제가 한 말은 못 들은 걸로 해 주세요.”

마리아는 사시나무 떨듯 몸을 떨었다. 남자 앞에서 그런 속내를 보인 건 처음이었다.

피에르도 깜짝 놀랐다.

“마리아! 왜 그래요?”

“아니에요. 아무래도 오늘 제가 제정신이 아닌 것 같네요.”

피에르는 얼른 말을 돌렸다.

“마리아의 마음을 잘 알겠습니다. 오빠 안드레이와 아버지 보르콘스키 공작님 사이에서 이러지도 저러지도 못하는 심정을 잘 압니다. 몹시 괴롭지요?”

마리아는 아무 말도 하지 않았다.

“지금도 아버지는 오빠의 결혼을 반대하세요. 오빠는 제게 어떻게든 아버지의 마음을 돌려 보라고 하지만, 아버지는 나타샤라는 이름만 들어도 버럭 화부터 내시거든요.”

마리아의 얼굴이 금세 어두워졌다.

“하루 빨리 로스토프 집안 사람들이 모스크바로 이사를 오면 좋겠네요. 그러면 아무래도 보르콘스키 공작님과 자주 만날 테니까 좀 나아지지 않을까요?”

마리아는 피에르의 말을 듣고 고개를 끄덕였다.

“피에르 씨! 나타샤는 어떤 아가씨예요? 알고 싶어요. 알고 계신 대로 이야기해 주세요. 오빠는 어떤 일이 있어도 나타샤와 결혼을 할 거예요. 결심이 대단해요. 그러니 나타샤라는 아가씨에 대해 자세히 알아야겠어요.”

마리아는 용기를 내어 말했다.

그러나 피에르는 얼른 대답하지 못했다. 한참을 머뭇거리다 겨우 말을 꺼냈다.

“저도 잘 모릅니다. 그러나 모두 흠잡을 데 없는 아가씨라고들 합니다. 그러니 믿어도 될 것입니다.”

피에르의 말을 들으니 마리아는 문득 나타샤를 만나 보고 싶은 마음이 생겼다.

로스토프 백작은 그 이듬해 1월, 몸이 쇠약한 부인을 남겨

두고 나타샤, 소냐와 함께 모스크바로 왔다. 그러나 그동안 집을 오래 비워 두었기 때문에 을씨년스럽기 짝이 없었다. 그래서 임시로 마리아 드미트리예브나 부인의 집에서 머물기로 했다. 두 집안은 예전부터 서로 잘 아는 사이였다

다음 날 로스토프 백작은 나타샤를 데리고 보르콘스키 공작의 집을 방문했다. 로스토프 백작 또한 보르콘스키 공작에게 그리 좋은 감정은 아니었다. 찜찜한 생각을 갖고 있었던 터라 보르콘스키 공작의 집을 방문하는 것도 내키지는 않았다. 거기에다 보르콘스키 공작이 딸 나타샤를 마땅찮게 생각한다는 것을 알고 있었다. 나타샤가 안드레이와 약혼만 하지 않았더라면 찾아올 까닭이 없었다. 미래를 위해서라도 나타샤를 인사시키지 않으면 안 되겠기에 내키지 않는 걸음을 한 것이었다.

외출복으로 갈아입은 나타샤는 마음이 들떠 있었다.

'그분이 나를 싫어하신다니 말도 안 돼. 그럴 리가 없어. 나는 모든 사람들에게 사랑을 받아 왔단 말이야. 시아버지가 될 분과 누이동생 마리아 아가씨는 꼭 나를 사랑하게 될 거야. 내가 그렇게 만들겠어.'

나타샤는 마음을 야무지게 먹고 보르콘스키 공작의 집에 도착했다. 하인의 전갈을 받은 보르콘스키 공작은 퉁명스럽게

말했다.

“난 그들을 만날 이유가 없다. 그러니 나한텐 데려오지 마라. 단 마리아를 만나고 싶어하면 안내해도 좋다.”

하인은 정말 어찌할 바를 몰랐다. 그저 공작의 말을 그대로 전할 수밖에 없었다.

“공작님은 지금 몸이 불편하십니다. 하지만 마리아 아가씨는 만나실 수 있습니다. 안으로 들어오시지요.”

‘이런 푸대접을 받다니. 이건 모욕이야.’

로스토프 백작은 불쾌했다. 화가 머리끝까지 치밀어올라 그냥 돌아가고 싶었지만 참아야 했다. 사랑하는 딸을 생각해서 불쾌함을 꾹 눌러 참을 수밖에 없었다. 또 그냥 돌아가면 보르콘스키 공작의 불편한 마음을 더 건드리게 될 것 같아서 마리아를 만나기로 했다. 로스토프 백작과 나타샤는 하인을 따라 마리아의 방으로 갔다.

“우리 딸 나타샤를 데리고 왔습니다. 이렇게 불쑥 찾아온 걸 이해하시리라 믿습니다, 아가씨!”

로스토프 백작은 정중하게 인사했다.

혹시 보르콘스키 공작이 들어올지도 모른다는 생각에 긴장이 되어 사방을 둘러보면서 말을 이었다.

“뵙게 되어 무척 반갑습니다. 공작님께서 건강이 좋지 않으시다니 걱정입니다.”

“아가씨! 만나서 반가워요.”

나타샤가 상냥하게 인사했다.

“잘 오셨어요. 나타샤 아가씨!”

마리아는 건성으로 인사했다.

나타샤와 마리아의 첫 만남은 서먹서먹했다. 마리아는 첫눈에 나타샤가 마음에 들지 않았다. 지나치게 화려한 옷차림과 조금 가벼운 듯한 행동이 허영심으로 보였기 때문이다.

‘내가 상상했던 여자는 아니야. 오빠가 사람을 잘못 본 것 같아. 허영심이 몸에 가득 배어 있잖아.’

마리아의 마음은 실망으로 가득 찼다. 그뿐 아니었다. 아버지 보르콘스키 공작이 언제 엉뚱한 행동을 할지 몰라서 마음이 조마조마하기까지 했다.

“그런 사람들과는 볼일이 없으니 나와 만나게 할 생각은 하지 마라. 그러나 네가 만나는 것은 막지 않겠다.”

아버지에게 이런 말을 들었기 때문에 겁을 먹고 있었다. 분위기가 살얼음판 같았다.

로스토프 백작도 마음이 편하지 않았다. 환영받지 못한 만남을 견딜 수가 없었다. 빨리 이 자리에서 빠져나가고 싶을 뿐이었다.

"아가씨! 15분 정도만 우리 나타샤를 맡아 주실 수 있겠습니까? 나는 싸바챠 광장의 쎄묘노부나한테 볼일이 있어서 다녀와야 합니다. 곧 데리러 오겠습니다."

로스토프 백작은 빠져나갈 핑계를 댔다. 또 자기가 자리를 피해 주어야 나타샤와 마리아가 친해질 수 있다고 생각했다. 로스토프 백작은 곧 자리를 떴다.

나타샤도 아버지의 불편한 마음을 알 수 있었다. 나타샤는 자신이 모욕을 당한 것처럼 느껴졌다. 또 무슨 일이 일어날지 두렵기도 했다.

'두렵지 않아. 아버지가 안 계셔도 잘할 수 있어.'

나타샤는 마음을 추스리고 마리아를 바라보았다.

'아가씨의 아버지가 나를 만나기 싫어하는 것도 알아.'

그렇다고 얼굴에 그런 속마음을 나타낼 수는 없었다. 겉으로는 밝은 표정을 지었다. 나타샤도 마리아가 썩 마음에 들지는 않았다. 평범한 데다 아무 재미도 없는 사람처럼 보였다.

나타샤와 마리아는 건성으로 이런저런 이야기를 나누었다. 그때 밖에서 발자국 소리가 들렸다. 마리아의 얼굴이 갑자기 굳어졌다. 방문이 열렸다.

"아, 로스토프 백작의 따님이 와 계셨군. 난 그런 줄도 모르고……."

보르콘스키 공작은 나타샤를 위아래로 훑어보곤 곧 방을 나갔다. 나타샤는 당황해서 어찌할 바를 몰랐다.

그때 나타샤의 아버지가 돌아왔다.

'날 이렇게 난처하게 만들다니.'

나타샤는 마리아가 미워졌다. 서둘러 돌아갈 채비를 했다. 나타샤의 아버지 로스토프 백작이 먼저 방을 나갔다. 나타샤도 뒤따라 나가려 했다.

"나 좀 봐요, 나타샤!"

나타샤는 의아하다는 듯이 마리아를 바라보았다.

"난 오빠가 행복을 찾은 것을 기쁘게 생각하고 있어요."

마리아는 거짓말을 하고 있었다. 왜 그런 거짓말을 하는지 마리아 자신도 알 수 없었다.

나타샤도 마리아의 마음을 금세 알아차렸다.

"마리아, 지금은 그런 이야기를 할 때가 아닌 것 같아요. 이만 가 볼게요. 안녕히 계세요."

나타샤는 태연한 척하며 방을 나섰다. 당장 어디 가서 엉엉

울고 싶었지만 꾹 참고 집으로 돌아온 나타샤는 자기 방으로 들어가 소리 내어 울었다.

‘보르콘스키 공작에게 잘 보이고 싶었는데 엉망진창이 되었어. 이걸 어쩌면 좋아. 안드레이는 왜 돌아오지 않을까?’

나타샤는 울고 또 울었다. 약혼자 안드레이가 없어서 그렇게 되었다는 생각이 들었다. 그래서 안드레이를 원망했다.

“왜 그래? 뭐가 그렇게 슬픈 거야?”

소냐가 방으로 들어왔다. 그러나 나타샤는 아무 말도 하지 않고 울기만 했다.

“그 집에서 무슨 일이 있었어? 설마 그건 아니지? 너무 걱정 마. 모두 잘될 거야.”

소냐는 나타샤를 위로하느라 정신이 없었다.

“아무것도 아니야. 그냥 뭔지 모르게 불안할 뿐이야.”

나타샤는 눈물로 얼룩진 얼굴을 들고 억지로 웃었다. 다른 사람에게 우는 모습을 보이기 싫었다.

그날 저녁이었다. 로스토프 백작의 가족들은 마리아 드미트리예브나가 얻어 준 표를 가지고 오페라 극장으로 갔다. 나타샤는 가고 싶지 않았지만, 자기를 생각해서 어렵게 표를 구한 그녀의 호의를 거절할 수 없었다. 마차를 타고 눈길을 달려 오

페라 극장으로 갔다.

마차가 극장 앞에 멈추어 서자 나타샤와 소냐는 마차에서 사뿐히 내렸다. 두 사람은 극장 안으로 들어갔다.

'그가 함께 있다면 얼마나 좋을까?'

나타샤는 쓸쓸했다. 약혼자 안드레이 생각이 더욱 간절했다. 극장 안에는 음악이 은은하게 흐르고 있었다.

'생각하지 말자. 그가 돌아올 때까지는 잊고 지내는 거야.'

나타샤는 스스로를 타일렀다. 관람객의 눈길이 자신에게로 쏠렸지만, 나타샤는 예전처럼 즐겁지 않았다.

막이 하나 끝나고 잠시 쉬는 짬이었다. 웬 남자가 나타샤에게 다가왔다. 엘렌의 오빠이며 쿠라킨 공작의 둘째 아들인 아나톨리였다. 옆에 앉아 있던 엘렌이 일어나 그를 소개했다. 피에르의 부인 엘렌은 얼굴은 아름다웠지만 무식하고 염치 없는 여자라고 소문이 나 있었다.

"제 오빠, 아나톨리예요."

나타샤는 아나톨리를 보고 미소로 인사를 대신했다. 아나톨리는 서슴없이 나타샤 옆의 빈 자리에 앉았다. 군복을 입은 그의 모습은 당당했다. 늘씬한 몸매는 여자들의 마음을 끌고도 남았다.

나타샤는 그가 옆에 앉는 것이 그리 싫지 않았다.

아나톨리는 나타샤에게 많은 관심을 보였다. 나타샤도 잘생긴 남자가 자기에게 관심을 보이자, 가슴이 설레었다.

오페라가 끝나고 집으로 돌아온 나타샤는 마음이 흔들려 견딜 수가 없었다. 아나톨리의 얼굴이 자꾸 떠오르면서 괜히 얼굴이 붉어졌다.

'내가 왜 이러지?'

나타샤는 헛된 생각을 떨치려 머리를 흔들어 댔다.

'정말 매력적인 남자야. 하지만 나에겐 안드레이가 있잖아. 이럴 수는 없어.'

나타샤는 밤새도록 잠을 이루지 못했다. 나타샤는 아직 아나톨리가 어떤 사람인지 몰랐다. 아나톨리는 모스크바에서 바람둥이로 소문난 남자였다. 결혼도 했지만 총각이라고 속이고 많은 여자들과 사귀고 있었다. 모스크바의 귀족들은 이 같은 사실을 다 알았지만 나타샤만 모르고 있었다.

오페라를 본 다음 날 나타샤는 외출을 하지 않았다. 혹시라도 약혼자 안드레이가 오지 않을까 싶어 기다렸다. 그러나 기다리는 사람은 끝내 나타나지 않았다. 왠지 마음 한 구석이 텅 빈 것 같았다.

나타샤는 자신에게 무슨 일이 일어날 것만 같은 예감에 사로잡혔다. 예전처럼 약혼자 안드레이만 생각하고 있을 수 없었다. 기다림과 잡념이 뒤섞인 머리는 혼란스럽기만 했다. 마음을 평온하게 유지할 수 없었고, 행복하지도 않았다.

이튿날 아침 식사를 끝낸 후였다. 마리아 드미트리예브나 부인이 나타샤에게 편지 한 통을 내밀었다.

"나타샤, 마리아가 보낸 편지 같아. 자기가 나타샤를 싫어한다고 오해할까 봐 편지를 했는지도 모르지."

나타샤는 그 말을 듣고 조금 불쾌했다.

"마리아는 나를 싫어해요."

"별소리를 다 하네. 그런 말은 하는 게 아니야."

"아니에요. 나는 마리아의 마음을 잘 알아요."

"쓸데없는 소리 그만 하고 어서 편지나 읽어 봐. 답장 꼭 쓰도록 하고."

나타샤는 대답을 하지 않고 자기 방으로 들어가 편지를 읽어 내려갔다.

……나타샤!

내가 당신을 미워하고 있다고 오해하고 있나요? 나는 그 생각으로 괴롭답니다. 아버지야 어떻든 간에 오빠가 선택한 여자니까 나는 나타샤를 사랑할 수밖에 없어요. 나는 오빠의 행복을 위해서라면 어떠한 희생도 할 각오가 되어 있어요. 나를 믿어 줘요. 언제 우리 둘이 한번 만나요.

그리고 우리 아버지가 나타샤를 미워한다고도 생각하지 말아요. 아버지는 병으로 고생하고 계세요. 병든 노인이라 그런 거라고, 너그럽게 생각해 줘요. 아버지는 당신 아들을 행복하게 해 주는 사람을 사랑하게 될 거예요.

하루 빨리 만나서 얘기해요. 그러면 지금까지 서로 마음속에 품고 있었던 오해가 봄눈 녹듯이 풀어질 거예요.

나타샤는 마리아의 편지를 읽고, 책상 앞에 앉아 답장을 쓰기 시작했다. 그러나 몇 자 쓰다 말고 펜을 멈추었다.

'내가 정말 안드레이를 사랑하고 있는 걸까? 어젯밤처럼 내 마음이 흔들리는데, 뭐라고 답장을 써야 할까?'

나타샤는 이런 생각이 들었다.

'잘못하면 일이 엉뚱하게 벌어질지도 몰라.'

나타샤는 답장 쓰는 것을 그만두었다. 나타샤의 마음은 아직도 흔들리고 있었다.

저녁 식사가 끝나고, 하녀가 나타샤의 방으로 편지 한 통을 가져왔다.

"어떤 분이 이걸 아가씨에게 전해 달라고 했어요."

하녀가 나간 뒤 나타샤는 편지 봉투를 뜯었다.

"어머! 아나톨리가 보낸 편지네."

나타샤는 놀란 얼굴로 편지를 읽었다.

사랑하는 나타샤, 나는 당신을 몹시 사랑하오.

부모님이 반대할 게 불을 보듯 뻔하니 함께 도망가서 삽시다.

편지를 읽고 난 뒤 나타샤의 마음은 자꾸 아나톨리에게로 향했다.

그날 밤이었다.

"나타샤, 소냐랑 같이 가지 않을래?"

마리아 드미트리예브나 부인이 말했다.

"머리가 무거워요. 저는 그냥 집에 있겠어요. 저 신경 쓰지 마시고 소냐와 함께 다녀오세요."

"알았어. 그럼 집에서 쉬고 있어."

부인은 소냐를 데리고 외출했다.

소냐는 밤늦게 집으로 돌아왔다. 나타샤는 잠옷으로 갈아입
지도 않고 소파에 기대어 잠들어 있었다. 소냐는 깜짝 놀랐다.
책상 위에 놓여 있는 편지가 눈에 띄었다.

'아나톨리가 보낸 편지잖아?'

편지를 읽은 소냐는 매우 놀랐다.

"나타샤! 일어나 봐."

소냐는 나타샤를 흔들어 깨웠다.

"어머, 언제 돌아왔어."

소냐는 싸늘한 눈빛으로 말없이 나타샤를 노려보기만 했다.

"소냐! 편지를 읽었구나?"

"그래. 다 읽었어."

"그럼 모두 말할게. 소냐, 우린 서로 사랑하고 있어."

"그럼, 네 약혼자 안드레이는 어떡하고."

"내 마음속에서 안드레이가 멀리 달아나고 있어."

소냐는 나타샤의 말에 다리가 후들거렸다.

"그건 말도 안 돼. 난 나타샤 네가 불행해지는 걸 그냥 두고
볼 순 없어. 대체 아나톨리에 대해 얼마나 알고 있니? 정말로
그 사람이 너를 사랑하고 있다고 생각하니?"

소냐는 속이 상했다. 말이 저절로 거칠어졌다.

"난 그 사람이 나를 진심으로 사랑한다고 믿어."

"안 돼. 내가 모두에게 알릴 거야."

소냐는 문을 소리 나게 닫고 거실로 나갔다.

나타샤는 일어나 책상 앞에 앉았다. 그러고는 마리아에게 편지를 쓰기 시작했다.

마리아! 우리 둘 사이의 오해가 풀렸으니 괴로워하지 말아요. 마리아의 오빠 안드레이는 외국 여행을 떠나면서 나에게 자유를 준다고 했어요.

앞으로 나의 행동이 마리아를 불쾌하게 하더라도 이해해 줘요. 나는 안드레이의 아내가 될 수 없어요.

그로부터 며칠이 지났다. 소냐는 아나톨리의 편지 때문에 걱정이 이만저만 아니었다. 아나톨리가 편지에 쓴 것처럼 나타샤를 데리고 멀리 도망갈까 봐 혼자 애를 태웠다. 로스토프 백작은 농장을 파는 일 때문에 시골집으로 내려갔기 때문에 의논할 사람도 없었다.

나타샤는 창밖을 내다보며 누군가를 애타게 기다리고 있었다. 나타샤의 행동은 시간이 지날수록 더욱 이상해졌다.

‘이걸 어떡하면 좋아. 로스토프 백작님도 안 계시고, 피에르 씨한테 의논해 볼까? 아니야. 그분에게 연락하자면 시간이 너무 많이 걸려. 오늘 밤에 당장 도망을 가면 어떡해. 먼저 드미트리예브나 부인에게 알려야겠어. 그래, 그 방법밖에 없어.’

소냐는 마리아 드미트리예브나 부인에게 말하기로 했다.

소냐의 추측은 옳았다. 아나톨리는 나타샤를 꾀어 폴란드로 도망칠 생각이었다.

아나톨리는 그 무렵 친구인 돌로호프 집에서 지내고 있었다. 돌로호프도 아나톨리 못지않은 바람둥이였다. 그는 나타샤를 데리고 도망가려는 아나톨리의 계획을 있는 힘을 다해 거들고 있었다.

아나톨리는 돌로호프와 함께 마차를 타고 나타샤가 있는 마리아 드미트리예브나 부인의 집으로 향했다.

적당한 곳에 마차를 세우고, 두 사람은 마차에서 내렸다. 그들은 나타샤가 있는 집을 향해 걸었다. 아나톨리가 살짝 집으로 숨어들었다. 그러고는 나타샤가 있는 계단 쪽으로 올라가려고 했다.

그때였다. 난데없이 덩치 큰 사나이가 나타나 아나톨리의 앞을 가로막았다. 그 사람은 마리아 드미트리예브나 부인의 호

위를 맡고 있는 하인이었다. 부인은 소냐의 말을 듣고 하인에게 숨어서 지키라고 일러 두었던 것이다.

"마님이 계신 곳으로 가시지요."

하인의 목소리는 위엄이 있었다.

"뭐요? 마님이라니, 누구 말이오?"

되묻는 아나톨리의 목소리는 조금 떨렸다.

"누구긴요. 이 댁 마님이시지요. 당신을 모셔 오라는 분부를 받고 기다리고 있었습니다. 자. 어서 가시지요."

하인이 아나톨리의 팔을 붙잡으려 했다.

그때 돌로호프가 들어와 하인을 들이받았다.

"아나톨리! 빨리 도망가자!"

아나톨리는 하인의 팔을 뿌리치고 뛰쳐나왔다. 두 사람은 길모퉁이에서 기다리고 있는 마차를 향해 쏜살같이 달려갔다.

사랑과 이별

피에르는 아내와 부딪치지 않으려고 짧은 여행을 자주 다녔다. 그날도 며칠 동안 여행을 하고 돌아왔더니 마리아 드미트리예브나 부인에게서 편지가 와 있었다.

나타샤에게 큰일이 생겼으니, 급히 우리 집으로 와 주세요.

편지를 읽고 피에르는 고개를 갸웃했다.
'나타샤에게 무슨 일이 생겼기에 나한테 편지를 보냈을까?'
피에르는 몹시 궁금했다. 그래서 곧바로 마리아 드미트리예브나 부인의 집으로 달려갔다.

“도대체 무슨 일이십니까?”

피에르는 방에 들어서자마자 물었다.

“피에르! 난 이렇게 기가 막히는 일은 처음 보았어요. 부끄러워 말도 못하겠어요. 이런 어처구니없는 일이 또 어디에 있어요?”

부인은 너무도 어이없는 일이라며 한동안 입을 열지 못했다.

“무슨 일이 있었는지 차근차근 말씀해 보세요.”

부인은 나타샤에게 일어났던 일을 피에르에게 자세히 들려주었다.

“저런, 어떻게 그런 일이…….”

피에르는 벌어진 입을 다물 수가 없었다.

도저히 믿어지지 않는 일이었다.

‘그럴 리가 없어. 안드레이를 그렇게 뜨겁게 사랑하던 나타샤가 바람둥이 아나톨리 때문에 마음이 변하다니. 여자들의 마음은 갈대와 같다더니……. 정말 모를 일이로군.’

피에르는 혀를 끌끌 찼다. 정말 이해할 수 없는 일이었다.

“피에르! 당신이 나타샤에게 가서 아나톨리가 어떤 사람인지 이야기 좀 해 주세요. 아나톨리에게 부인이 있다고 말이에요. 나타샤가 도무지 믿으려고 하질 않아요.”

부인은 피에르를 데리고 나타샤의 방으로 갔다.

나타샤가 놀란 눈으로 두 사람을 쳐다보았다.

"나타샤, 내 말이 거짓인지, 피에르 씨에게 직접 물어봐."

부인은 싸늘하게 말했다. 나타샤는 겁에 질린 얼굴로 눈을 깜빡거리기만 했다.

피에르가 조심스럽게 입을 열었다.

"나타샤! 부인의 말은 정말이에요. 믿고 싶지 않겠지만 그건 알 만한 사람은 다 아는 사실이랍니다. 아나톨리에게는 부인이 있어요."

나타샤의 얼굴이 새파랗게 질렸다.

"그럴 리가 없어요. 지금 거짓말하시는 거죠?"

"내 말을 믿어요. 사실이니까."

피에르는 다시 힘주어 말했다.

"정말이에요? 맹세할 수 있어요?"

"그래요. 맹세하지요."

피에르의 대답에 나타샤는 그만 고개를 떨구고 흐느꼈다.

피에르는 부인과 함께 그 방을 나왔다. 피에르도 화가 났다. 더 이상 부인의 집에 있고 싶지 않았다. 밖으로 나와 무작정 아나톨리를 찾아다녔다. 시내 구석구석을 뒤졌지만 아나톨리의 모습은 보이지 않았다. 피에르는 무거운 발걸음을 집으로 옮겼다.

피에르는 아나톨리가 자기 집에 있는 걸 보고 깜짝 놀랐다. 나타샤의 문제를 의논하려고 누이동생 엘렌을 찾은 것이었다. 피에르는 아내에게 말 한 마디 건네지 않고 아나톨리에게 다가가서는 그의 팔을 힘껏 잡았다.

"여보! 오빠는 지금……."

엘렌은 피에르의 무서운 얼굴을 보고 말을 끊었다.

피에르는 아나톨리를 끌고 서재로 들어갔다.

"이런 못된 놈! 나타샤를 데리고 어디로 도망치려고 했어? 결혼 약속이라도 한 거야?"

"그런 약속 같은 건 하지 않았네."

아나톨리는 피에르를 똑바로 쳐다보지 못했다.

"허튼수작 부리지 마! 이미 다 알고 있으니까!"

피에르가 목소리를 높였다. 분노가 치밀어 올라 견딜 수가 없었다. 피에르는 아나톨리의 멱살을 잡고 흔들었다. 아나톨리의 얼굴이 창백해졌다.

"넌 사람도 아니야. 너 같은 망나니는 정신이 들 때까지 맞아야 해."

아나톨리는 잔뜩 겁에 질려 있었다.

"나타샤한테서 받은 편지 이리 내놔."

아나톨리는 머뭇거리며 주머니에 손을 넣어 편지를 꺼냈다.

피에르는 편지를 받아들고는 아나톨리를 무섭게 노려보았다.

"지금 당장 모스크바를 떠나 줘야겠어. 나타샤와의 관계는 입도 뻥긋하지 마. 알아듣겠어? 네놈의 얼굴을 이제 두 번 다시 보고 싶지 않으니까 어서 나가!"

아나톨리는 그 말에 비열하게 웃었다.

"그래도 웃음이 나와? 참 속 편한 사람이군. 이 세상은 자기만 즐기면 그만인 곳이 아니야. 남의 행복도 생각해 줘야 한다고. 다시는 돼먹지 못한 짓 하지 마."

피에르는 씩씩거리며 서재에서 나왔다.

이튿날 아나톨리는 모스크바를 떠나 상트페테르부르크로 가 버렸다.

그날 나타샤는 자살을 하려고 독약을 마셨다. 아나톨리에게 아내가 있다는 말에 매우 큰 충격을 받았던 것이다. 그래서 죽음을 택했는지도 모른다. 다행히 나타샤가 삼킨 독약의 양이 치명적이지는 않았다. 소냐가 응급 조치를 제대로 취해서 목숨을 건질 수 있었다.

피에르는 나타샤의 자살 소동을 알고 마음 아파했다. 그는 마음도 달랠 겸 식당에서 식사를 했다. 식당은 나타샤와 아나톨리 이야기로 떠들썩했다. 피에르는 이 소문이 퍼지지 않게 막으려고 애썼다. 나타샤가 사람들에게 손가락질을 받지 않도록 보호해 주는 것이 자신이 할 일이라고 생각했다.

안드레이가 돌아온 것은 그로부터 며칠 뒤였다. 안드레이의 귀국 소식을 들은 피에르는 몹시 걱정이 되었다.

‘안드레이가 이 일을 알면 얼마나 충격이 클까?’

피에르는 무거운 마음으로 안드레이를 만나러 갔다. 안드레이는 트렁크에서 편지 다발을 꺼내 피에르에게 보여 주었다. 그것은 나타샤가 안드레이에게 보낸 사랑의 편지였다.

“나타샤에게 파혼을 당했네. 그리고 자네 처남 아나톨리가 나타샤에게 청혼을 했다는 말도 들었어. 그게 정말인가?”

“정말이긴 한데…….”

피에르는 말끝을 흐렸다.

“알겠네.”

안드레이는 편지 다발을 피에르에게 건네주었다.

“이건 나타샤가 내게 보낸 편지와 사진일세. 자네가 이걸 나타샤에게 돌려주게.”

“나타샤는 지금 많이 아프다네.”

피에르의 말에 안드레이의 얼굴이 굳어졌다.

“나타샤가 아직도 모스크바에 있나? 아나톨리는?”

“아나톨리 그 녀석은 벌써 모스크바를 떠났지.”

안드레이는 굳은 얼굴로 다시 피에르를 바라보았다.

“피에르! 나타샤를 만나면 이 말은 꼭 전해 주었으면 좋겠어. 나타샤는 약혼 중에도 완전히 자유의 몸이었고, 지금도 마찬가지라고. 그리고 내가 나타샤의 행복을 빈다고.”

안드레이는 차갑게 말했다.

“그런데 나타샤를 용서해 줄 수는 없겠나?”

이 말을 듣고 안드레이의 얼굴이 다시금 굳어졌다.

피에르는 더 이상 아무 말도 하고 싶지 않았다. 나타샤가 약을 먹고 자살하려고 했다는 이야기는 더욱 꺼낼 수가 없었다.

피에르는 그날 저녁 나타샤를 찾아갔다. 나타샤의 얼굴은 바싹 말라 있었다.

“피에르! 당신은 안드레이와 친한 친구지요?”

나타샤는 숨쉬기가 거북해 보였다.

“그래요.”

“그가 모스크바에 돌아왔다고 들었어요. 안드레이에게 제 말을 전해 주시면 고맙겠어요. 저를 용서해 달라고…….”

“잘 알겠습니다. 꼭 그렇게 전하지요.”

피에르는 나타샤가 가여웠다.

“나타샤, 나를 언제까지나 친구로 생각해 줘요.”

피에르는 나타샤의 손을 꼭 잡았다.

“나 같은 사람은 그럴 자격이 없어요.”

나타샤는 울먹이며 방을 나가려고 했다.

피에르가 다급하게 말했다.

“자기 자신을 지나치게 멸시하지 말아요. 나타샤의 인생은 지금부터예요. 용기를 내요.”

“아니에요. 제 인생은 이미 끝났어요.”

나타샤는 눈물을 흘리며 말했다.

“그렇지 않아요. 내가 만일 총각이라면 지금 당장 나타샤에게 청혼을 할 거예요.”

피에르의 말은 나타샤에게 조금 위로가 되었다. 나타샤의 얼굴이 살짝 붉어졌다. 피에르는 나타샤의 방을 나왔다.

그는 마차를 타고 광장으로 달렸다. 하늘을 올려다보았다.

밝고 큰 혜성이 꼬리를 길게 끌며 하늘을 가로지르는 것이 보였다. 피에르는 혜성이 사라진 곳에서 눈을 떼지 못했다.

"저 혜성이 나를 새로운 세상으로 안내해 줄 거야. 새로운 생활을 향해 나아가는 희망의 빛이야."

피에르는 혼자 중얼거렸다.

"놀라지 말게. 나타샤가 하마터면 목숨을 잃을 뻔했다네."

피에르는 안드레이를 찾아가 나타샤의 말을 전해 주었다.

"그게 무슨 소리인가? 왜 죽으려 했다는 건가?"

안드레이는 믿어지지 않는 얼굴로 피에르를 바라보았다.

"그리고 나타샤는 자네에게 진심으로 용서를 빈다고 했네. 이 말을 꼭 자네에게 전해 달라고 했어."

안드레이의 마음속에 분노의 불길이 솟았다. 안드레이는 곧바로 상트페테르부르크로 향했다.

'아나톨리를 만나 결투를 해야겠어. 순진한 나타샤의 마음에 상처를 준 그놈을 그냥 둘 순 없어.'

안드레이의 마음에 복수의 칼날이 섰다.

피에르는 안드레이의 마음을 눈치채고는 아나톨리에게 편지를 썼다. 피에르의 편지를 받은 아나톨리는 군대에 들어갔다. 안드레이를 만나는 날엔 죽음을 피할 수 없을 것 같아서였다.

아나톨리의 부대는 러시아 남부 몰다비아에 있었다. 안드레이가 상트페테르부르크에 도착했을 때 아나톨리는 이미 그곳에 있지 않았다.

안드레이는 쿠트조프 장군을 찾아갔다. 전부터 알고 지내는 사람으로, 몰다비아군의 총사령관이었다. 안드레이는 총사령부의 요원이 되어 쿠트조프 장군과 함께 몰다비아로 떠났다. 수소문 끝에 아나톨리가 몰다비아군에 들어갔다는 사실을 알아냈던 것이다.

그러나 안드레이가 몰다비아군에 도착했을 때 아나톨리는 이미 러시아로 돌아가고 없었다. 길이 엇갈렸던 것이다.

안드레이는 군대 생활에 온 정신을 쏟았다. 사랑의 상처를 잊으려고 무던히도 애를 썼다. 그러나 아나톨리에 대한 분노는 좀처럼 가라앉지 않았다. 그는 이러한 아픔을 가슴속 깊은 곳에 묻어 버리려고 안간힘을 썼다.

다시 부는 회오리바람

1812년 다시 전쟁의 불꽃이 일어났다. 프랑스군은 드레스덴을 출발해 러시아를 향해 진격해 왔다. 기습 공격이었다.

"선전 포고도 없이 침입해 오다니 이건 국제법을 무시한 처사다. 우리 러시아 땅에 프랑스군이 한 발짝이라도 들어오면 사정없이 박살내라."

크게 노한 러시아 황제는 모든 부대에 명령을 내렸다.

그 무렵 프랑스군은 러시아 국경을 넘고 있었다.

안드레이는 전쟁터로 향했다. 다시는 전쟁터에 나가지 않겠다고 다짐했었지만, 가슴속에서 끓어오르는 분노를 삭이기 위해 스스로 군인이 되기를 희망했다.

전선으로 가는 길에 스몰렌스크 근처에서 지내고 있는 아버지에게 들렀다. 집안에는 아무 일도 없었다. 전쟁 중이라고 해도 달라진 것은 하나도 없었다.

"전쟁터로 나간다고?"

아버지 보르콘스키 공작은 아주 차갑게 말했다. 나타샤의 일 때문에 아직도 마음이 상해 있었다.

동생 마리아는 신앙 생활에 열심이었다. 아들 니콜루슈카는 알아보지 못할 정도로 많이 컸다. 니콜루슈카는 장난이 아주 심한 아이였다. 이젠 아주 어렸을 때만큼 따뜻한 정을 느낄 수 없었다. 집안이 평온한 것을 보고 안드레이는 마음을 놓았다. 그는 전쟁터로 돌아갈 준비를 서둘렀다.

"오빠! 우리들이 불행해지는 것도 다 하느님의 뜻일 거예요. 지금 오빠의 마음이 어떨지 알아요."

마리아는 불안한 마음에 오빠에게 간절히 애원했다.

"그래. 나도 네 뜻이 무언지 잘 알겠다. 내가 여자였다면 그렇게 했을지도 몰라. 그러나 나는 남자다. 나는 내 인생을 망친 사람을 용서할 수 없다. 결코 잊을 수 없구나."

안드레이의 마음은 화석처럼 굳어 있었다. 그 굳은 마음을 풀기에는 마리아의 위로가 턱없이 부족했다.

"오빠! 불행을 만드는 것이 사람이라고 생각해서는 안 돼요. 사람도 결국 하느님의 도구니까요."

안드레이는 아무 말 없이 마리아의 어깨를 토닥이며 웃었다.

"누가 오빠에게 나쁜 짓을 한 것처럼 생각되거든 그걸 잊고 용서하세요. 우리 누구에게도 사람을 벌할 권리는 없어요. 사람을 용서한다는 것이 얼마나 행복한 일인지 오빠도 알게 될 거예요."

안드레이는 말없이 고개만 끄덕였다.

"오빠, 마지막으로 부탁이 하나 더 있어요."

"또 뭔데?"

"아버지에게 웃는 얼굴로 작별 인사를 하고 떠나세요."

마리아의 말은 간절한 호소였다. 마리아의 눈에 눈물이 그렁그렁 고였다. 오빠와 아버지 사이가 서먹서먹한 게 늘 마음에 걸렸던 것이다. 위험한 전쟁터로 나간다니 또 언제 볼 수 있을지 모를 일이었다. 마리아는 가슴이 아팠다.

"네 말 잊지 않겠다. 모두 잘될 테니 걱정말고."

안드레이는 따뜻한 목소리로 말했다. 그제야 마리아의 얼굴이 환해졌다.

나타샤의 오빠 니콜라이는 대위로 진급했다. 프랑스와의 전쟁은 날이 갈수록 치열해졌다. 날이 밝았다.

어젯밤에 내린 소나기로 땅이 축축했다. 태양은 눈이 부시도록 강렬한 빛을 내뿜었다.

“돌격, 앞으로!”

니콜라이가 명령을 내렸다. 니콜라이의 중대원들은 가로수 길을 따라 앞으로 나아갔다. 앞쪽에서 대포 소리가 들려왔다.

니콜라이는 높은 언덕에 올라서서 중대를 정지시켰다. 러시아군이 있는 바로 뒤편이었다. 앞쪽으로 프랑스군의 중대와 포대가 보였다.

“돌격 준비!”

프랑스군의 포탄이 러시아군 진영에 떨어지기 시작했다. 전방에서 명령을 내리는 소리가 크게 들렸다. 러시아군은 낮은 지대에 있는 프랑스군을 향해 돌격했다.

“니콜라이 중대장! 포병대를 엄호하라!”

대대장의 명령에 따라 니콜라이는 중대원들을 언덕 쪽으로 이동시켰다. 프랑스군의 대포는 발 아래까지 날아와 터졌다. 낮은 지대에서는 육박전이 벌어졌다. 그러나 러시아군은 프랑스군을 당해 내지 못했다. 러시아군이 밀리기 시작했다.

‘지금 우리 중대가 돌격한다면 적군은 퇴각할 것이다.’

니콜라이는 이렇게 생각하고 있었다. 그런데 니콜라이가 명령을 내리기도 전에 중대원들이 움직이기 시작했다. 중대원의 돌격은 눈 깜짝할 사이에 이루어졌다. 그들의 생각도 니콜라이와 같은 모양이었다.

‘상부에서 돌격 명령을 내리지도 않았는데 이걸 어쩌지?’

니콜라이는 이것이 마음에 걸렸다. 그러나 어쩔 수가 없었다. 죽기를 각오한 중대원들의 사기를 막을 길은 없었다. 이미 엎질러진 물이었다.

거세게 돌격해 오는 러시아군을 본 프랑스군은 급히 후퇴했다. 니콜라이는 말을 타고 프랑스군을 추격했다. 프랑스군과의 거리가 점점 좁혀졌다. 니콜라이는 칼을 뽑아 달아나는 프랑스군 장교를 내리쳤다. 프랑스군 장교는 니콜라이가 휘두른 칼을 맞고 말에서 떨어졌다. 팔꿈치 근처에 상처를 입은 것 같았다. 프랑스군 장교는 겁에 질려 벌벌 떨고 있었다.

'이 적군을 어떻게 하지?'

니콜라이는 잠시 망설였다.

"항복! 항복!"

프랑스군 장교가 다급하게 외쳤다.

"이 장교를 부대로 데려가라."

니콜라이는 부하들에게 명령을 내렸다. 부하들은 적군 장교를 포로로 데리고 갔다. 니콜라이는 이 공로로 황제에게 게오르기 십자 훈장을 받았다.

'상부의 명령 없이 공격을 했는데도 용감하고 훌륭한 군인이라고 상까지 받다니.'

니콜라이는 쓴웃음이 나왔다. 그러나 상을 받는다는 것이 그

리 싫지만은 않았다.

'전쟁에서는 승리뿐이다. 패배는 곧 죽음이다.'

니콜라이의 마음속에서 뜨거운 애국심이 불타올랐다.

니콜라이는 공로를 인정받아 경기병 대대를 지휘하게 되었다.

이렇게 니콜라이가 치열하게 전투를 벌이고 있을 때 누이동생 나타샤의 병은 더욱 깊어만 갔다.

"폐챠, 나타샤 누나의 건강이 걱정되는구나."

로스토프 백작 부인은 막내아들 폐챠를 데리고 모스크바로 왔다. 로스토프 백작은 더 이상 마리아 드미트리예브나 부인의 집에서 머무를 수가 없었다. 그래서 교외에 있는 별장에서 살기 시작했다.

나타샤의 병세는 예상보다 훨씬 나빴다. 먹지도 않고 잠도 자지 않아서 눈에 띄게 야위어 갔다. 기침도 점점 심해졌다.

'이젠 어떤 약도 듣지 않아. 모든 게 부질없는 짓이다.'

나타샤는 이렇게 생각하기 일쑤였다. 의사는 날마다 맥박을 재고 혀를 들여다보며 진찰을 한 뒤 약을 지어 주었다.

"이 약을 먹으면 곧 회복될 것입니다. 그러나 약보다 중요한 것은 환자의 정신력입니다. 꼭 나을 수 있다고 생각하셔야 회복이 빠릅니다."

의사는 늘 같은 말을 하고 돌아갔다. 나타샤의 증세는 식욕이 없고 기침이 멈추지 않는 것이었다. 게다가 활기도 없었다. 나타샤는 약을 먹기 싫어했다.

"의사 선생님의 말을 듣지 않거나 시간 맞춰 약을 먹지 않으면 어떻게 되는지 몰라서 그래? 자칫 잘못하면 폐렴이 될 수도 있어."

나타샤의 어머니는 화가 나서 잔소리를 늘어놓았다.

'그래, 의사의 말대로 해 보자. 약도 잘 먹고, 괴로운 생각도

벗어 던지자.’

나타샤는 어머니의 잔소리가 듣기 싫어서라도 빨리 나아야 겠다고 마음을 먹었다.

나타샤의 병은 마음에서 비롯된 것이었다. 시간이 흐르면서 나타샤는 차츰 쾌활해지기 시작했다. 슬픔을 조금씩 덜어 내자 몸과 마음을 추스르기도 한결 쉬웠다.

‘내 앞날은 어떻게 되는 거지?’

나타샤는 이렇게 스스로에게 물었다.

나타샤의 앞에는 아무것도 보이지 않았다. 살아가는 데 어떤 기쁨도 없었다. 그저 하루하루 흘러갈 뿐이었다. 그러나 동생 폐챠와 같이 있을 때만큼은 마음이 홀가분했다. 폐챠와 마주 앉게 되면 때때로 웃는 일도 있었다.

나타샤는 외출도 하지 않고 집에만 틀어박혀 지냈다. 그래도 집에 찾아오는 손님 가운데 피에르만은 반갑게 맞았다. 피에르만큼 나타샤에게 자상하게 해 주는 사람은 없었다. 그래서 늘 웃음 띤 얼굴로 그를 대했다.

성 베드로 축제 기간이 끝나 갈 무렵이었다. 나타샤는 신부의 권유로 기도회에 참석하기로 했다.

‘지금 이 순간 내 마음을 지배하고 있다고 느끼는 신을 믿고,

그분께 모든 것을 맡기기만 하면 됩니다.'

나타샤는 신부에게 들은 말을 되새기며 성호(신자가 가슴에 그리는 십자가 표시)를 긋고 기도를 시작했다. 그것은 진정한 참회의 기도였다. 나타샤는 지금까지 겪어 보지 못한 감정을 느꼈다.

'죄 많은 내 인생을 바로잡을 수 있는 길이 열리는구나. 새롭고 깨끗한 생활과 행복이 찾아올지도 모른다.'

일주일 동안의 기도는 나타샤의 생활을 변화시켰다. 차분한 마음으로 앞으로의 생활을 괴롭게 여기지 않게 되었다.

7월로 접어들었다. 모스크바는 뒤숭숭했다. 모스크바 사람들은 전쟁 때문에 불안에 떨고 있었다. 소문에 귀를 기울이고 전쟁이 어떻게 흘러가고 있는지 알아 내려 했다.

피에르는 로스토프 백작의 집으로 가는 길에 예전부터 알고 지내던 전령을 만나게 되었다. 그는 막 전쟁터에서 돌아오는 길이었다.

"좋은 소식 없어요?"

"있지요."

전령은 가방을 열었다. 부상자, 전사자, 상을 받은 군인의 이름이 적힌 보도문이 눈에 띄었다.

피에르는 니콜라이가 전투에서 높은 공을 세워 4등 훈장을 받았다는 것과 안드레이가 기병 연대장에 임명되었다는 명령서를 보고 기쁨을 감추지 못했다.

피에르는 황제의 칙서와 여러 문서들을 가지고 로스토프 백작의 집으로 갔다. 그러고는 나타샤의 방문을 조심스럽게 열었다. 나타샤가 활짝 웃으면서 피에르에게 다가왔다.

"나 다시 노래를 시작할까 해요."

"그것 참 좋은 생각이오."

"알고 계세요? 니콜라이 오빠가 훈장을 받았대요. 난 오빠가 무척 자랑스러워요."

"알고말고요. 그 명령서를 내가 전한걸요."

피에르는 이렇게 말하고 객실로 나갔다.

페챠가 피에르를 보고는 웃으면서 반갑게 인사했다. 그러고는 피에르의 손을 꼭 잡고 말했다.

"지난번 부탁드린 것, 해 주시는 거죠?"

"아아, 그렇지. 자네가 부탁한 경기병 말이지? 잘 알았네."

피에르는 고개를 끄덕이며 웃었다.

그때 로스토프 백작이 거실로 나왔다.

"여보게, 황제의 칙서는 가지고 왔는가?"

"네, 가져왔습니다. 황제께서는 내일 돌아오신다고 합니다.

임시 귀족 회의가 있고, 국민 의용군 모집도 있다고 합니다.”

피에르는 황제의 칙서를 로스토프 백작에게 건넸다.

“소냐, 크게 읽어 보거라.”

소냐는 백작이 내민 칙서를 읽기 시작했다.

우리의 옛 수도 모스크바에 알린다. 적군은 대군을 거느리고 우리의 영토에 침입했다. 적은 우리가 사랑하는 조국을 황폐화시키려고 한다.

나는 우리의 군대와 함께 적군을 물리치고 러시아를 지킬 것이다.

소냐의 낭독이 끝나자 폐챠가 아버지 옆으로 와서 말했다.

“아버지, 저도 군대에 가고 싶어요.”

백작 부인이 벌컥 화를 냈다.

“아니, 너까지 왜 그런 소리를 하니! 안 된다, 안 돼!”

“넌 아직 공부를 해야 할 나이야.”

아버지 로스토프 백작도 반대했다.

“지금 같은 때 어떻게 공부를 할 수 있어요? 아버지께선 조국을 지키려면 어떠한 희생도 각오해야 한다고 하셨잖아요.

조국이 이렇게 적의 말발굽 아래 짓밟히고 있는데…….”

페챠는 동의를 구하는 눈빛으로 나타샤와 피에르의 얼굴을 번갈아 바라보았다.

로스토프 백작은 무척 곤란한 표정을 지으며 방으로 들어갔다. 나타샤와 피에르는 아무 말도 하지 않았다.

“나타샤, 전 이만 집에 가 봐야겠어요. 급히 처리해야 할 일이 있어서요.”

피에르는 얼른 둘러대고 자리에서 일어섰다. 나타샤와 단둘이 있기가 거북했기 때문이었다.

‘나타샤, 당신을 사랑해요!’

이런 말이 금방이라도 튀어나올까 봐 두려워서이기도 했다. 피에르는 어쩌면 나타샤를 사랑하는지도 모른다고 생각했다. 그런 생각을 지우기 위해서라도 얼른 돌아가야 했다.

나타샤는 피에르가 간다는 말에 몹시 서운한 표정을 지었다.

‘다시는 여기 오지 않겠어.’

피에르는 백작의 집을 나오면서 이렇게 결심했다.

이튿날 황제가 모스크바로 돌아왔다. 수많은 환영 군중 속에서 황제를 바라본 페챠의 마음은 더욱 굳어졌다.

“아버지! 저는 꼭 군대에 가야겠어요.”

집에 돌아온 페챠는 아버지를 졸랐다.

"아버지! 제 말 안 들리세요? 군대에 가는 걸 허락해 주시지 으면 이 집을 나가겠어요."

아버지 로스토프 백작은 잠자코 듣기만 했다. 페챠의 말은 이제 애원이 아니라 최후 통보였다. 아버지 로스토프 백작은 페챠의 굳은 결심을 꺾을 수 없다는 사실을 알았다. 백작의 마음이 움직이기 시작했다. 그는 아무도 모르게 페챠가 안전하게 지낼 수 있는 부대를 알아보기로 마음먹었다.

1812년 8월, 나폴레옹은 많은 군대를 이끌고 모스크바의 서쪽 스몰렌스크까지 쳐들어왔다. 모스크바에서 엎어지면 코 닿을 거리였다. 스몰렌스크가 적의 손에 들어가자 러시아군은 후퇴할 수밖에 없었다.

모스크바 시민들도 피란을 떠나야 했다. 나폴레옹이 지휘하는 프랑스군에 대한 적개심은 하늘을 찌를 듯했다. 시민들은 피란을 가면서 시가지를 불태웠다. 이런 행동은 훗날 프랑스군이 모스크바로 쳐들어왔을 때 추위에 떨고 식량을 얻지 못해 후퇴하는 원인이 되었다.

싹트는 사랑

안드레이는 기병 연대를 이끌고 모스크바를 향해 이동하고 있었다. 안드레이가 어린 시절을 보낸 마을 가까이 왔다. 그곳은 아버지 보르콘스키 공작의 영지 로이스이예고르였다. 안드레이는 아버지와 마리아, 아들 니콜루슈카가 무척 보고 싶었지만, 군에 얽매인 몸이라 어쩔 수 없었다.

'마리아와 아버지는 안전한 모스크바로 피란을 떠났겠지?'

안드레이는 가족들의 안전이 걱정되었다.

해질녘이 되자 대포 소리가 멎었다. 이미 날은 어두워졌다. 하늘에는 별이 돋아 있었고, 초승달이 대포 연기에 얼굴을 감추었다 내밀었다 되풀이했다.

안드레이는 혼자 말을 몰아 자기 집으로 향했다.

"알파티치!"

느닷없이 들려오는 귀에 익은 목소리에 하인 알파티치가 놀라서 밖으로 뛰어나왔다.

"아이고, 나리!"

검은 말을 탄 안드레이는 하인 알파티치를 바라보았다.

"왜 아직도 여기에 있지?"

안드레이가 궁금해서 물었다.

"나리! 우리는 이제 틀렸습니다. 창고를 정리하고 떠나려던 참이었습니다."

시내에는 군인들의 군화 소리가 요란했다. 시민들은 거의 시내를 빠져나간 모양이었다.

"알파티치! 마을에선 왜 사람들의 그림자도 볼 수 없지? 모두 피란을 떠난 건가?"

"나리, 적들이 들이닥쳐 양식을 죄다 빼앗아 갔습니다. 견디지 못한 농민들은 길에서 멀리 떨어진 곳으로 이사를 떠났고요. 여긴 길에서 가깝기 때문에 적군이 들어오기 쉽습니다."

안드레이는 침통한 얼굴로 고개를 끄덕였다.

안드레이는 집 안을 휘익 둘러보았다. 창고의 문짝과 온실의

유리문이 온통 부서지고 깨져 있었다.

"이 집을 마지막으로 보게 되는군. 내가 살아 돌아와 다시 이 집을 보게 될지 모르겠어. 그건 그렇고, 알파티치, 이젠 어떻게 할 건가? 피란을 가야 되지 않겠어?"

안드레이는 쓸쓸히 웃었다. 그러고는 수첩을 꺼내 마리아에게 편지를 썼다.

스몰렌스크는 곧 적에게 함락된다.

일주일 뒤에는 그곳도 적의 손에 넘어갈 것이다. 최대한 빨리 모스크바로 떠나거라. 언제 떠날 것인지, 사람을 통해 곧 답장을 하거라.

안드레이는 하인 알파티치에게 편지를 주고 마리아에게 전하라고 일렀다. 그리고 부대로 돌아갔다.

6월 10일 안드레이의 연대는 후퇴를 계속했다.

안드레이의 마음은 우울했다.

'내가 어린 시절에 살던 집, 그토록 사랑하는 마을을 적들에게 넘기고 떠나야 하다니.'

안드레이의 머릿속엔 이 생각뿐이었다. 군인답지 못하다고 느끼면서도 자꾸 그런 마음이 들었다.

안드레이는 마리아가 아버지와 함께 모스크바로 피란을 간 줄 알았다. 그러나 그게 아니었다. 보르콘스키 공작은 밖으로 잘 나가지 않았다. 몸이 전보다 많이 쇠약해진 탓이었다. 마리아의 생활도 예전과 마찬가지였다.

보르콘스키 공작은 전쟁에 대한 관심이 부쩍 늘었다. 전에는 전쟁에 무관심했는데, 전쟁의 불길이 바로 코앞에서 펼쳐지자 잠에서 깨어난 듯 딴사람이 되었다. 마을에서 민병을 모집해 무기를 나누어 주라 명령하고, 곧 총사령관에게 편지를 썼다.

총사령관 각하!

나는 여기에 남아 나의 영지를 지킬 것입니다. 나는 러시아의 최고참 장군으로서 나라를 위해 이미 죽음을 각오하고 있습니다.

보르콘스키 공작은 총사령관에게 편지를 보내고, 마리아와 손자 니콜루슈카를 불렀다.

"마리아! 너는 네 조카 니콜루슈카를 데리고 모스크바로 떠나거라."

그러나 마리아는 아버지를 혼자 두고 떠날 수가 없었다. 그래서 하인을 시켜 니콜루슈카를 먼저 모스크바로 보냈다.

"뭐라고?"

보르콘스키 공작은 마리아가 기어코 떠나지 않자 불같이 화를 내며 소리쳤다.

"너 같은 것은 이제 꼴도 보기 싫다. 당장 내 앞에서 사라져라. 어서!"

말은 그렇게 하면서도 보르콘스키 공작은 마리아를 집에서 쫓아내지 않았다.

'겉으로는 화를 내시지만 속마음은 내가 아버지 곁에 남아서 좋으신가 봐.'

마리아는 모른 척하고 아버지의 시중을 들었다.

보르콘스키 공작은 아침부터 총사령관을 만날 채비를 했다. 마차는 이미 현관에 와 있었다.

마리아는 군복을 입고 훈장을 주렁주렁 단 아버지가 집밖에서 무장한 민병들을 사열하는 것을 보았다.

아버지는 전 육군 대장이었다. 아버지의 호령하는 목소리가 뚝 그쳤다. 대여섯 명의 사람들이 겁에 질린 채 가로수 길에서 허겁지겁 달려왔다. 민병대원 두 사람이 보르콘스키 공작을 부축해서 걸어오고 있었다.

'설마 아버지가?'

마리아는 믿어지지 않았다. 마리아는 아버지 곁으로 달려갔다. 조금 전까지만 해도 아버지는 늠름했다. 그런데 지금의 모습은 그게 아니었다. 말도 제대로 하지 못했다. 마리아를 보고도 입술만 겨우 움직일 뿐이었다.

"아버지! "

마리아는 아버지를 불러 보았다. 보르콘스키 공작은 그래도 눈만 깜빡일 뿐 대답을 하지 못했다. 뇌출혈로 몸이 마비되었던 것이다. 보르콘스키 공작은 그날 이후 몸을 제대로 움직이지 못하는 반신불수가 되고 말았다.

마리아는 오빠 안드레이가 지은 새 집으로 옮겼다. 그 집은 보그차로브에 있었다. 보르콘스키 공작은 3주일 동안 꼼짝도 하지 못하고 누워 있었다.

"죄송합니다. 나을 가능성이 없습니다."

의사의 말은 절망적이었다. 전쟁 중에 회복 가능성이 전혀 없는 환자를 어떻게 하면 좋단 말인가. 그렇다고 다른 곳으로 옮길 수도 없었다.

'이러다가 돌아가시면 어쩌지?'

마리아는 밤낮으로 아버지를 간호했다.

보르콘스키 공작은 정신이 돌아올 때마다 아들 안드레이를 찾곤 했다.

"오빠한테서 편지를 받았어요."

마리아가 하는 말에 대뜸 반가운 표정으로 물었다.

"지금 어디 있다니?"

"군대예요. 지금은 스몰렌스크 부근에 있나 봐요."

아버지는 눈을 감고 한참을 가만히 있었다. 그러다가 고개를 끄덕이며 눈을 떴다.

"그렇지. 러시아는 멸망했지. 멸망했어."

아버지는 그만 흐느껴 울었다.

마리아도 울음을 터뜨리고 말았다.

"빨리 피란을 가셔야지요."

마리아의 이웃들은 여기 있다가는 보르콘스키 공작의 병을 낫게 할 수 없다고 생각했다. 마침내 마리아는 아버지를 모시고 모스크바로 떠나기로 결심했다.

모스크바로 떠날 준비를 마친 날, 보르콘스키 공작의 병세가 갑자기 나빠졌다. 그리고 그는 끝내 숨을 거두고 말았다.

'아버지를 잃는 것이 이토록 슬프고 무섭구나.'

마리아에게는 이런 일이 한 번도 없었다.

마리아는 아버지의 장례를 치르고 모스크바로 가기로 했다. 그러나 전쟁통이라 마을 농민들이 마리아의 말을 잘 듣지 않았다. 지주의 딸 마리아의 말도 권위가 없었다.

소작인 대표 드론을 불렀다.

"농민들을 창고 앞으로 모이게 해 주세요. 할 말이 있어요."

드론의 말에 농민들은 창고 앞으로 모였다. 이제는 지주보다 소작인 대표의 말을 더 잘 따랐던 것이다.

"여러분! 나는 오늘 이곳을 떠나려 합니다. 여러분에게 창고에 보관하고 있는 곡식을 나누어 줄 것입니다. 그러니 살림살이를 정리해서 모스크바 근처에 있는 우리 농장으로 갑시다. 그곳에서 여러분이 마음놓고 살 수 있도록 하겠습니다."

농민들은 아무 말 없이 듣고만 있었다. 그들의 반응은 냉정했다. 차가운 눈초리로 마리아를 바라볼 뿐이었다.

"그 말을 어떻게 믿어요?"

농민들은 마리아의 말을 외면했다.

"이젠 우리 농민들 세상입니다."

마리아는 더 이상 말을 할 수가 없었다.

그때 기병 중대장 니콜라이가 이 광경을 보고 있었다.

“대장님! 우리 아가씨를 구해 주십시오.”

알파티치가 니콜라이를 보고 도움을 구했던 것이다.

“대장님, 우리 주인 어른이 며칠 전에 돌아가셨습니다. 지금 아가씨 혼자서 농민들에게 애를 먹고 있습니다.”

“농민들이 무슨 행패를 부렸다는 거요?”

“그런 게 아니라, 우리 아가씨가 모스크바로 가려고 마차를 준비하라고 했는데, 농민들이 말을 듣지 않습니다. 오히려 아가씨에게 대들고 있습니다. 주인 어른의 은혜도 모르는 사람들이에요.”

니콜라이는 눈썹을 곤두세우고 사람들이 모여 있는 곳으로 다가갔다.

마리아는 군복을 입은 니콜라이를 보고 깜짝 놀랐다. 같은 귀족이라 마음이 든든했다.

“아가씨, 집사에게서 자세한 이야기를 들었습니다. 아무 걱정 말고 떠날 채비를 하세요. 내 명예를 걸고 무사히 모스크바로 갈 수 있도록 하겠어요.”

마리아는 매우 기뻐하며 몇 번이고 고맙다는 인사를 했다. 마리아는 떠날 준비를 하러 방으로 들어갔다.

니콜라이는 이 집이 누이동생 나타샤의 약혼자 안드레이의 집인 줄은 몰랐다. 니콜라이는 위엄 있는 목소리로 농민들에게 말했다.

"소작인들의 대표가 누구인가?"

"그걸 알아서 뭐 하려고 그러시오?"

드론이 고개를 빳빳이 치켜들고 따지듯이 물었다.

"그걸 알아서 뭐 하느냐고……?"

니콜라이는 되물으며 농민들을 바라보았다.

"이놈을 당장 묶어라!"

니콜라이의 명령에 군인들이 움직였다. 농민들은 겁에 질렸다. 그제야 드론이 니콜라이의 명령에 순순히 따랐다.

"마차를 몰고 와라. 말을 듣지 않으면 밧줄로 묶을 테다."

니콜라이가 소리쳤다.

드론은 마차를 준비하러 달려갔다. 조금 있다가 마리아의 집에 마차 여러 대가 들어오기 시작했다. 니콜라이는 혼자 침착하게 큰일을 해내는 마리아에게 마음이 끌렸다. 마리아도 니콜라이의 늠름한 모습이 마음에 들었다.

이삿짐을 실은 마차가 하나둘 집을 빠져나갔다. 니콜라이는 마을에서 10킬로미터 떨어진 곳까지 마리아를 바래다주었다.

"고맙다는 인사를 어떻게 해야 할지 모르겠어요. 이 은혜 잊지 않겠어요."

　마리아는 고맙다는 말만 되풀이했다. 그런데 니콜라이와 작별 인사를 나누자 웬일인지 눈시울이 뜨거워졌다.

　'내가 그분을 사랑하게 되었나? 아니야. 잠깐 그런 생각을 한 것뿐이야. 정말 사랑한다고 해도 언제 다시 만날지 모르잖아. 부질없는 생각이야.'

　마리아는 스스로 마음을 달랬다. 그러나 자기도 모르는 사이에 마음이 움직였다는 사실을 좀처럼 믿을 수가 없었다. 니콜라이 생각이 자꾸 떠오르는 것도 정말 알 수 없는 일이었다.

　니콜라이도 마리아의 생각에 사로잡히기 시작했다.

　'내가 부잣집 딸과 결혼하면 어머니가 기뻐하실 거야.'

　이렇게 생각하니 소냐가 마음에 걸렸다.

　니콜라이는 소냐와 결혼하기로 약속한 사이였다. 그러나 니콜라이 마음속엔 어느새 마리아가 더 크게 자리를 잡아가고 있었다.

삶과 죽음의 사이

전쟁은 끝이 날 줄을 몰랐다. 피에르의 고민은 커져만 갔다.

"조국을 위해 최선을 다해 달라."

알렉산드르 황제가 모스크바에서 한 말이 시민의 마음을 크게 움직였다. 피에르도 그 가운데 한 사람이었다.

'군에 들어가 전쟁터로 나가야 하나? 아니면 이대로 좀 더 기회를 기다려야 하나?'

피에르는 자기 자신에게 몇 번이나 되풀이해 물었다.

결국 그는 군대에 들어가기로 결심했다.

'나도 뭔가 해야 한다. 조국을 위해 싸워야 해.'

피에르의 마음은 자꾸 흥분되었다. 러시아군은 터무니없이 밀리고 있었다. 피에르는 마차를 타고 전쟁이 계속되고 있는 보로디노로 향했다.

"피에르, 어디 갑니까?"

피에르를 부르는 소리가 들렸다. 바로 보리스였다. 보리스는 사령부 소속이었다.

"군에 들어가 전쟁터에서 싸우고 싶소."

"그렇다면 내가 안내할 테니, 우선 우리 숙소에 머무시죠."

보리스는 오른손을 들어 숙소를 가리켰다.

1812년 8월 25일 저녁이었다. 안드레이는 연대 주둔지 맨 끝에 있는 끄냐지꼬보 마을의 부서진 헛간에서 팔을 베고 누워 있었다. 그 헛간이 연대장의 숙소였다.

7년 전 아우스터리츠 전투가 떠올랐다. 전투 전날의 초조함은 기억에서 사라지지 않았다. 내일 있을 전투에 대한 명령은 이미 받아서 대대에 전달해 놓았다. 이제는 할 일이 별로 없었다. 내일의 전투를 위한 휴식이 있을 뿐이었다.

'내일 벌어질 전투는 그 어느 때보다 무시무시할 거야. 어쩌면 모든 사람들과 영원히 작별할지도 모른다.'

안드레이는 자꾸만 초조해졌다. 그때 헛간 뒤쪽에서 사람 발자국 소리가 들렸다.

“누구냐! 거기 있는 게?”

안드레이는 헛간에서 밖을 내다보았다. 누군가 헛간 쪽으로 다가오고 있었다. 분명 피에르였다.

“아니, 웬일이야? 이곳에서 만나는 것도 운명인가 보군.”

안드레이의 말투는 예전처럼 정답지가 않았다. 반가워야 할 피에르가 왠지 달갑지 않았던 것이다. 지금 마음으로는 아무도 만나고 싶지 않았다.

‘피에르는 기억하고 싶지 않은 내 과거를 잘 알고 있는 사람이다.’

잊고 싶은 과거를 다시 떠올린다는 것은 안드레이에게 괴로움이었다.

“그저 난, 여기서 전쟁을 보고 싶어서…….”

피에르의 말 또한 부자연스러웠다. 안드레이의 태도가 차갑게 느껴져서 중간에 말을 끊어 버렸다.

“그렇겠지. 자네들은 어떻게 하면 전쟁을 피할 수 있을지, 그걸 생각하고 있겠지.”

이제 안드레이는 비아냥거리기까지 했다.

“전쟁터에서, 그것도 모처럼 만났는데 그게 무슨 말인가?”

피에르는 정말로 서운했다.

"그건 그렇고, 우리 집 식구들은 어떻게 되었나? 지금쯤 모스크바에 도착했겠지."

"무사히 도착했다는 소식을 들었네."

그때 밖으로 나가려고 일어서는 장교들을 안드레이가 붙들었다. 피에르는 안드레이가 자기와 단둘이 있기 불편해서 그러는 것으로 생각했다.

"여기 오기 전에 군의 진지를 한 바퀴 돌아보았네."

피에르는 얼른 말머리를 돌렸다.

"그렇다면 우리 군의 배치 상황을 완전히 파악했겠군."

"나는 아직 군인이 아니지 않나? 말 그대로 한 바퀴 돌아보았을 뿐이지, 내가 뭘 자세히 알겠는가?"

피에르는 분위기가 나빠지지 않게 하려고 애쓰고 있었다.

"안드레이, 쿠트조프 장군이 총사령관이 되었다면서?"

"노련한 장군이니까 그가 전쟁을 승리로 이끌 거란 말인가?"

"그럴 거라고 생각하네. 노련한 장군은 앞으로의 전투를 꿰뚫어 볼 테니까 말이야."

"자네한테는 그 장군이 하느님 같은 존재로군."

안드레이는 여전히 비아냥거렸다.

"전쟁을 하는 건 장기를 두는 것과 똑같다고 생각하네. 상대의 수를 미리 짐작하고, 그에 대처해서 이기는 사람이 전쟁의 영웅이 되는 것 아닌가?”

“하긴 그렇지. 그러나 엄연한 차이가 있지. 장기에서는 2개의 졸이 1개보다 강하고, 말이 졸보다 강하지만 전쟁에서는 1개 대대가 1개 사단보다 강할 수도, 또 1개 중대보다 약할 수도 있네. 지휘하는 사람이 누군지에 따라 그렇게 될 수 있지. 그게 장기와 전쟁의 다른 점이라네. 내일 전투를 결정하는 힘이 무언지 아나?”

안드레이의 말은 그제야 부드러워졌다.

“그게 무엇이지?”

“병사들의 다짐이야. 이기겠다고 결심하는 병사에게는 반드시 승리가 돌아가는 법이지.”

안드레이는 자기도 모르게 흥분하고 있었다.

“그럼 내일 전투는 우리 군의 승리로 끝나겠네?”

“물론이지.”

안드레이는 자신 있게 대답했다.

그날 밤, 피에르는 보리스의 숙소로 가서 잠을 잤다.

이튿날 피에르가 눈을 떠 보니 보리스와 군인들은 이미 진지로 떠나고 없었다. 숙소는 이루 말할 수 없이 조용했다. 피에르는 어제 올라갔던 진지로 가 보았다. 언덕 중턱에서 장교 몇 명이 머리를 맞대고 이야기를 나누고 있었다. 그들 가운데에는 쿠트조프 장군도 있었다. 그는 망원경으로 적군의 동태를 살피고 있었다.

피에르는 언덕 꼭대기까지 올라갔다. 아침 햇살에 눈이 부셨다. 그 햇살을 받아 숲이 온통 황록색으로 물들어 있었다. 화려한 보석을 깔아 놓은 듯 아름다웠다.

스몰렌스크로 가는 길은 병사들로 우글거렸다.

"펑펑! 펑펑!"

"탕탕탕……."

어디선가 대포 소리와 총소리가 들리는가 싶더니 순식간에 포탄과 총알이 날아왔다.

'아! 드디어 전투가 시작되었구나!'

피에르는 재빨리 말을 타고 러시아군의 포대가 있는 곳으로 달려갔다. 이 고지가 중요한 진지였으므로 양쪽 군대는 이 고지를 빼앗으려고 치열한 전투를 해야만 했다.

오전 10시 무렵이었다. 앞쪽을 지키고 있던 러시아군이 후퇴하기 시작했다. 프랑스군의 포탄은 숲을 뒤흔들며 연달아 피에르의 머리 위로 날아들었다. 피에르는 차츰 두려움을 느끼게 되었다.

'어떡하면 좋은가? 어디로 가야 하는가?'

피에르는 어찌할 바를 몰랐다. 다른 병사들도 비명을 지르며 이리저리 뛰어다녔다.

"쿵! 쾅쾅!"

갑자기 천지를 뒤흔드는 폭발음이 들렸다. 고막이 터지는 것 같은 고통을 느끼며 피에르는 공중으로 붕 떠서 나뭇잎처럼 날아갔다. 그러고는 정신을 잃었다.

얼마 뒤 간신히 정신을 차리고 보니 두려움이 밀물처럼 몰려왔다. 피에르는 포대 쪽으로 뛰어가 몸을 숨겼다.

"모두, 각자 위치로!"

젊은 장교 하나가 피에르 옆에 모여 있는 병사들에게 외쳤다. 대포와 소총 소리가 온 천지를 뒤흔들었다. 부상을 입은 병사들이 수도 없이 실려 갔다.

러시아군의 대포 두 문이 부서졌다. 시간이 갈수록 더 많은 포탄이 소나기처럼 퍼붓기 시작했다. 숨실 틈도 없었다.

"제5호 포 앞으로!"

젊은 장교의 외침은 계속되었다.

"자! 모두 힘을 모으자! 배를 끄는 것처럼 하는 거야!"

대포를 바꾸는 병사들의 손놀림이 빨라졌다. 이제 포탄은 하늘을 새까맣게 뒤덮으며 날아들었다. 죽은 병사와 다치는 병사의 수도 셀 수 없이 늘어났다. 대포 주위의 병사들은 안간힘을 쓰며 더욱 분주하게 움직였다.

젊은 장교가 대령 앞으로 달려갔다.

"대령님! 포탄이 이제 몇 발밖에 남지 않았습니다. 그래도 사격을 계속할까요?"

"포탄이다!"

대령은 장교의 말에 대꾸도 하지 않고 외쳤다. 포탄은 젊은 장교를 겨냥한 듯했다. 그는 바람에 가랑잎 날리듯 이쪽에서 저쪽으로 날아갔다. 피에르는 갑자기 눈앞이 캄캄해졌다. 포탄은 꼬리에 꼬리를 물고 날아들었다.

"예비대로 달려가서 탄약 상자를 가져와!"

지휘관의 고함 소리와 적군의 대포 소리가 뒤섞였다.

"제가 가겠습니다."

피에르였다. 그러나 지휘관은 피에르를 본체만체하고 저만큼 걸어갔다.

"여기는 당신 같은 사람이 있을 데가 아니오."

병사 하나가 탄약을 가지러 뛰어가면서 빈정거렸다.

피에르도 병사의 뒤를 따라 뛰었다. 포탄은 여전히 빗발쳤다. 피에르는 밑으로 내려갔다.

포로가 된 프랑스군이 끌려나왔다. 부상당한 러시아의 많은 병사들이 들것에 실려 나갔다. 부상병들은 고통을 이기지 못하고 울부짖었다.

피에르는 부상병의 행렬을 따라 걸었다.

'이러고도 또다시 전쟁을 할까? 언젠가 자기들이 한 짓에 몸서리를 칠 것이다.'

피에르는 전쟁의 참혹한 모습을 두 눈으로 확인하며 마음속으로 이를 갈았다.

오후 2시, 안드레이의 기병 연대는 예비군으로 위치를 바꾸어 후방의 귀리밭에서 대기하고 있었다. 총 한 발 쏘지 못하고 200명이나 되는 병사들을 잃었다. 포탄이 떨어질 때마다 전사자들의 수는 늘어났다.

지금 안드레이가 할 수 있는 일은 아무것도 없었다. 상부의 명령 없이는 함부로 연대를 이동할 수 없었다. 여기에 이대로 있다가는 전멸할지 모른다고 생각하자, 안드레이는 견딜 수 없이 초조해졌다.

"부관! 한 곳에 모여 있지 말고 흩어지라고 전하도록!"

제2대대 옆에 병사들이 많이 모여 있었다. 안드레이는 부관에게 명령했다. 부관은 명령을 전달하고 안드레이 옆으로 돌아왔다. 반대편에서 대대장이 말을 타고 달려오고 있었다.

"위험해요!"

옆에 있던 부관의 외침과 동시에 포탄 한 발이 날카롭게 공기를 가르며 안드레이의 먼발치에 떨어졌다.

'이게 정말 죽음이라는 걸까? 나는 죽고 싶지 않다. 나는 삶을 사랑한다. 이 풀과 흙과 공기를 사랑하고 있다.'

그 순간이었다. 엄청난 폭발 소리가 들리는가 싶더니 화약 냄새가 코를 찔렀다. 안드레이는 공중으로 붕 떴다가 그대로 귀리밭에 나동그라졌다. 안드레이의 오른쪽 옆구리에서 피가 콸콸 쏟아졌다.

안드레이는 정신을 잃고, 들것에 실려 갔다. 그가 실려 간 곳은 숲속에 설치된 임시 병원이었다. 안드레이는 수술을 받았다. 그는 수술이 끝난 뒤 엄청난 통증을 느끼며 깨어났다. 온몸에 붕대가 감겨 있었다.

'오랜만에 행복을 느끼는군.'

안드레이는 고통을 참았다. 모처럼 찾아온 이런 느낌이 살아 있다는 행복감인지도 모른다. 행복했던 어린 시절이 떠올랐다.

'전쟁은 고통이다!'

안드레이는 무언가 새로운 것을 깨달은 느낌이었다.

그때 옆 침대에서 울음소리가 들렸다. 젊은 군인이 잘려 나간 한쪽 다리를 보며 흐느끼는 소리였다. 참으로 슬픈 울음이었다. 안드레이는 천천히 고개를 돌려 보았다.

그 젊은이를 본 순간 안드레이는 소스라치게 놀랐다. 그가 지금까지 애써 찾았던 바로 그 아나톨리였던 것이다.

'아니, 이게 어떻게 된 거야? 저 사람이 왜 여기 있지?'

안드레이는 자기도 모르게 중얼거렸다.

'정말 이상한 인연이구나. 하필 이런 곳에서 만나게 될 줄 누가 알았단 말이냐!'

미움보다 측은한 마음이 앞섰다. 안드레이의 머릿속에 나타

샤의 얼굴이 나타났다. 무도회에서 춤추던 모습, 가느다란 목과 손, 한껏 생기에 넘치던 행복한 얼굴이 떠올랐다. 갑자기 나타샤가 못 견디게 그리웠다.

옆 침대에서 흐느끼고 있는 아나톨리를 보고 인간에 대한 연민과 사랑이 안드레이의 가슴을 뭉클하게 만들었던 것이다.

'연민, 형제와 연인에 대한 사랑, 나를 미워하는 사람에 대한 사랑, 적에 대한 사랑……. 그렇다. 이것은 신이 이 땅 위에 뿌려 놓은 사랑이다.'

안드레이는 마리아가 했던 말을 그제야 이해했다.

'이런 진리를 몰랐기 때문에 삶에 대한 미련이 있었던 거야.'

안드레이는 인생에 대해 새롭게 눈을 뜨고 있었다.

'내가 이 전쟁에서 살아남는다면 모든 이를 사랑할 것이다. 그러나 이미 때는 늦었다. 나는 그것을 잘 알고 있다.'

안드레이는 서서히 다가오는 죽음을 느끼고 있는 듯했다.

불타는 도시

러시아군은 모스크바 후방까지 밀려났다. 프랑스군은 러시아군을 바짝 몰아붙여 모스크바 시내까지 진격해 왔다. 모스크바 시민들은 재산을 그냥 버려 둔 채 앞다투어 피란을 떠났다. 가난한 시민들은 부호와 귀족의 텅 빈 집을 불태우고 부숴 버렸다. 하루 아침에 모스크바는 폐허가 되고 말았다. 모스크바는 이제 빈 껍데기였다. 그런 모스크바는 프랑스군의 세상이 되었다.

'프랑스의 지배를 받으면서 살 수는 없다. 러시아 사람으로서 프랑스가 지배하는 모스크바에 사는 것은 수치이다.'

모스크바 시민들의 마음은 한결같았다. 러시아 민족의 자존심이 이를 허락하지 않았다.

로스토프 백작도 피란 준비를 서둘렀다. 30대의 마차에 짐을 가득 실었다. 자기 집에 머물렀던 부상병들도 함께 떠나기로 했다. 짐을 실은 마차는 점심때가 지나서야 출발했다.

"피에르!"

나타샤가 소리쳤다. 마차 가까이 다가오는 피에르를 보자 말로 표현할 수 없이 반가웠다.

"대체 어떻게 된 거예요?"

"피란을 가는 모양이군요."

"당신은 안 가세요? 모스크바로 돌아갈 거예요?"

"그래요. 모스크바에 할 일이 아직 남아 있어요."

"피에르 씨, 전쟁터에 나가셨다고 들었는데요."

나타샤의 어머니가 피에르를 쳐다보며 물었다.

"전쟁터에 나갔었지요. 내일 또 한바탕 싸움이 있을 거예요."

피에르는 그동안 있었던 일들을 몇 마디 말로 설명할 길이 없었다.

"아직 모스크바에서 할 일이 많습니다."

이 말을 남기고 피에르는 나타샤를 지나쳐 갔다.

볼로디노 전투를 겪은 후, 피에르는 모스크바 집으로 돌아왔

다. 피에르의 머릿속은 며칠이 지나도 무척이나 혼란스러웠다. 그러다가 아무도 모르게 집을 빠져나왔다.

'전과 같은 모습으로 살아가기는 싫어.'

피에르는 텅 빈 시내를 돌아다니다가 이곳까지 왔던 것이다.

'불안과 공포에 빠진 나라를 위해 뭔가 가치 있는 일을 해야 한다!'

피에르는 다시 한 번 마음을 다잡았다.

"참으로 무서운 시대입니다. 조심들 하세요. 그럼 안녕히."

피에르는 로스토프 백작의 가족들에게 손을 흔들며 작별 인사를 했다.

피란길은 더딜 수밖에 없었다. 수많은 피란민들과 군인들로 길이 막혔기 때문이었다. 겨우 닿은 곳이 모스크바에서 5킬로미터 정도 떨어진 시골 마을이었다. 그들은 그곳에서 밤을 보내야 했다.

"아! 정말 무서운 일이다. 모스크바가 불타고 있어. 나타샤, 저 길 좀 봐! 여기 창문에서도 시뻘겋게 타오르는 불꽃이 보여."

소냐가 검붉게 물든 하늘을 바라보며 외쳤다.

나타샤는 하늘을 물끄러미 바라보기만 할 뿐 잠자코 있었다.

"나타샤! 저 오두막집에 부상병이 있어!"

소냐가 목소리를 낮추어 속삭였다.

“그래, 우리와 함께 왔잖아. 부상병들이.”

나타샤는 대수롭지 않게 말했다.

“아니, 그게 아니라…….”

“그게 아니면?”

“부상당한 군인이 바로 안드레이 공작이야.”

나타샤는 그 말에 화들짝 놀랐다.

“뭐라고? 그게 정말이니?”

소냐는 고개만 끄덕였다.

나타샤의 가슴은 방망이로 두들기는 듯했다. 놀라운 소식이 아닐 수 없었다. 정말 믿어지지 않았다.

“내 말이 믿기지 않으면 이따 한번 확인해 봐.”

나타샤는 눈을 감고 조용히 숨을 내쉬었다.

밤이 이슥해지자 나타샤는 살며시 오두막집으로 향했다. 사방에서 몰려오는 찬 기운이 나타샤를 움츠리게 했다.

‘나는 안드레이를 만나야 한다. 그를 만나는 것이 무척 고통스러운 일이라는 걸 잘 안다. 그렇기 때문에 더더욱 그를 꼭 만나야 해.’

나타샤는 마음을 굳게 먹고, 오두막집으로 살금살금 걸어갔다. 그러고는 소리나지 않게 오두막집 문을 열었다. 희미한 촛불 덕분에, 부상당한 군인의 얼굴이 눈에 들어왔다. 늘 잊지 못하던 안드레이임을 한눈에 알 수 있었다.

나타샤는 안드레이 옆으로 다가가 조용히 무릎을 꿇었다. 안드레이도 그리워하던 나타샤임을 금세 알아차렸다.

그는 빙그레 웃으면서 손을 내밀었다.

'그래. 나는 죽음의 문턱에 서 있던 원수 아나톨리를 용서하지 않았는가? 그게 바로 참된 사랑이다. 나는 모든 것을 사랑할 테다. 적마저 끌어안을 수 있는 것은 오직 하느님의 사랑뿐이다. 하느님의 사랑은 절대로 변하지 않는다. 나는 지금까지 얼마나 많은 사람들을 미워했는가? 그 가운데서도 나타샤만큼 격렬하게 사랑하고 또 미워한 사람은 없었다.'

안드레이의 마음은 지금 한없이 편안했다. 그는 가만히 나타샤의 얼굴을 들여다보고 있었다.

"당신이군. 참 행복하다."

안드레이는 그제야 입을 열었다.

나타샤는 조심스럽게 안드레이의 손을 잡고, 그 손에 가볍게 입을 맞추었다.

"절 용서해 주세요."

나타샤는 차분하게 가라앉은 목소리로 말했다.

"나는 아직도 당신을 사랑하고 있어요."

안드레이는 웃고 있었다.

"용서해 주세요."

"무엇을 용서하라는 거요?"

"제가 한 짓을 용서해 주세요."

나타샤는 속삭이듯 말했다.

"나는 전보다 더 깊이, 더 열렬히 당신을 사랑하고 있소."

나타샤는 이게 꿈이 아닌가 싶었다. 그러나 꿈은 분명히 아니었다.

'이렇게 너그러운 분의 마음을 왜 아프게 했을까?'

나타샤는 후회와 기쁨의 눈물을 흘렸다.

바로 그때 하녀가 문을 두드리며 나타샤를 불렀다.

딸이 보이지 않자 그녀의 어머니가 하녀를 보낸 것이었다.

"어머니가 부르신대요. 당신이 나를 용서해 주었다고 말씀드릴 거예요."

나타샤는 다시 안드레이의 손에 가볍게 입을 맞추고 자리에서 일어섰다.

볼로디노 전투에서 간신히 살아 돌아온 피에르는 많은 생각을 하게 되었다. 전쟁터에서 병사들이 보여 준 강한 애국심과 정신력에 감명을 받았던 것이다.

'명예도 재산도 바라지 않고 목숨을 바쳐 싸우는 병사들이야 말로 참으로 위대한 인간이다. 그런 병사들에 비하면 나는 허영으로 가득 찬 위선자에 지나지 않아.'

피에르는 이렇게 뼈아픈 반성을 하며 몸 바쳐 모스크바를 지키기로 마음먹었다.

피에르가 어느 마을에 머무르고 있을 때였다.

"프랑스군이 들이닥쳤어요! 빨리 피하세요!"

마부가 아침 일찍 피에르를 깨웠다.

"알았네."

피에르는 재빨리 마을을 빠져나왔다. 그러다가 뜻밖의 소식을 듣고 매우 놀랐다. 처남 아나톨리가 죽었다는 것과 안드레이가 부상을 당했다는 소식이었다. 전쟁의 공포와 고통을 새삼 느끼게 되었다.

피에르는 모스크바로 돌아와 바쁘게 돌아다녔다.

'어떻게든 나폴레옹을 쏴 죽여야 한다. 내가 죽든 나폴레옹이 죽든 둘 중 하나다.'

피에르는 혼자 이런 생각으로 하루하루를 보냈다. 전쟁에 참가하는 것만이 나폴레옹에게 대항하는 길은 아니라고 생각했다. 그는 나폴레옹을 암살할 기회를 노리고 있었다. 그러다가 프랑스군에게 잡혀서 포로 수용소에 갇히게 되었다. 그는 러시아 간첩으로 몰렸다. 포로들은 거의가 총살을 당했다.

'아아, 뜻을 이루지 못하고 이렇게 죽는구나.'

피에르는 총살을 당하는 포로들을 보고 탄식했다. 그러나 피에르는 다행히 무죄로 풀려나게 되었다.

'살아가는 데 중요한 것이 무엇이며, 어떻게 살아야 하는지 깨닫게 되었어.'

피에르는 다시 한 번 자기를 돌아볼 수 있었다. 그러나 불행은 피에르의 주변을 떠나지 않았다. 이혼을 요구하던 아내 엘렌이 갑자기 세상을 떠난 것이었다.

니콜라이는 군인으로서 임무를 충실히 했다. 날마다 희망을 갖고 충실하게 살아갔다. 니콜라이에게 절망이란 없었다.

'전투에 참가하지 못하는 게 아쉽지만, 후방에서 말을 보충하는 일도 훌륭한 전투의 하나다.'

니콜라이는 후방에서 말을 보충해 오라는 명령을 받고 그 일을 충실히 해냈다.

어느 날 그는 그 지방의 지사가 주관하는 파티에 초대되었
다. 지사 부인은 니콜라이에게 안드레이의 여동생 마리아를
소개해 주었다. 그는 예전에 본 적이 있는 마리아에게 마음이
끌렸다.

'내가 이러면 안 되지. 내겐 결혼을 약속한 소녀가 있지 않은
가?'

니콜라이는 마음이 흔들렸다. 소녀를 생각하며 마음을 잡으
려 할수록 자꾸만 소녀에게서 멀어지는 것 같았다.

"니콜라이! 망설이지 말아요. 결혼할 인연은 따로 있는 거예
요. 내가 알아서 할 테니 나를 믿어요."

지사 부인은 니콜라이의 마음을 돌리려고 애썼다.

마리아는 니콜라이가 머물고 있는 마을에서 지내고 있었다.
이모 집으로 피란을 와 있었던 것이다.

그 후 니콜라이는 마리아를 다시 만나게 되었다. 마리아와
니콜라이는 서로 반가워했다.

'정말 아름답다.'

니콜라이의 마음은 점점 마리아에게 향하고 있었다.

프랑스군이 모스크바로 들어왔다는 소문이 마을에 퍼지기

시작했다. 사람들이 술렁거리기 시작했다.

마리아는 오빠 안드레이가 부상을 당했다는 소식을 듣고는 깜짝 놀랐다.

'간호해 줄 사람도 없을 텐데. 내가 오빠한테 가 봐야겠다.'

마리아는 오빠가 있는 곳으로 가야겠다고 마음먹고, 준비를 서둘렀다.

그 무렵 니콜라이는 집에서 보낸 편지 두 통을 받았다.

　　당신의 결혼 상대로 어머니는 마리아를 말씀하세요.
　　나는 당신과의 결혼을 포기하기로 했어요.

소냐는 눈물로 편지를 쓴 것 같았다.

　　아들아! 모스크바를 떠나 피란 온 곳에서 우연히 부상당한 안드레이를 만났다. 나타샤가 정성껏 간호해 주고 있단다.

어머니는 피란 생활을 자세히 썼다. 니콜라이는 이 편지를 마리아에게 읽어 주었다. 마리아는 매우 기뻐했다.

"조금 마음이 놓여요. 나타샤가 오빠를 정성껏 간호해 주고

있다니 정말 고맙네요.”

마리아는 니콜라이를 보며 환하게 웃었다.

니콜라이도 웃음으로 대답했다.

마리아는 이 일로 니콜라이의 가족이 된 것처럼 느껴졌다.

그녀는 오빠를 만나러 길을 떠났고, 니콜라이는 부대로 돌아
갔다. 열흘 뒤 마리아를 태운 마차가 나타샤네 가족이 있는 곳
에 도착했다. 소냐가 그녀를 안내했다.

“이리 오세요. 여기가 나타샤네 집이에요.”

“반가워요, 마리아!”

로스토프 백작 부인은 마치 딸을 만난 것처럼 반가워했다.

“마리아!”

잠시 뒤 나타샤가 달려나왔다. 두 사람은 오랜 친구 같았다.
나타샤는 안드레이를 간호하던 참이었다. 나타샤의 얼굴은 전
에 없이 밝았다. 서먹서먹함은 말끔히 사라진 듯했다. 마리아
도 한 가족처럼 스스럼없이 이야기를 주고받았다.

“오빠는 좀 어때요?”

마리아는 조심스럽게 물었다.

“이리 와 봐요.”

나타샤는 마리아를 안드레이가 있는 곳으로 안내했다.

“오빠!”

마리아는 울음부터 나왔다. 오빠 안드레이는 창백한 모습으로 누워 있었다. 심하게 다친 것을 한눈에 알 수 있었다. 얼마만의 만남인가? 기쁨이 앞서야 하는데 안타까운 눈물만 하염없이 흘러내렸다.

“마리아, 무사했구나! 정말 다행이다, 다행이야!”

안드레이는 마리아의 손을 꼭 잡고 힘들게 웃었다.

마리아는 니콜루슈카를 안드레이 앞에 세웠다.

“오빠 아들, 니콜루슈카예요.”

마리아는 조카의 손을 오빠의 손에 포개 주었다.

니콜루슈카는 어느덧 일곱 살이었다. 니콜루슈카는 겁먹은 눈으로 아빠 안드레이를 물끄러미 바라보았다. 안드레이는 아들에게 키스를 했다. 무슨 말을 해야 할지 말문이 열리지 않았다. 하인이 니콜루슈카를 밖으로 데리고 나갔다.

“오빠! 빨리 나아야 해요.”

마리아는 다시 오빠의 손을 잡고 울먹였다.

“나는 괜찮으니, 울지 마라. 곧 털고 일어날 거야.”

안드레이는 마리아를 위로했다. 하지만 안드레이는 속으로 이렇게 말하고 있었다.

‘나는 시들어 가고 있다. 아니 벌써 반쯤 시들었다.
깊은 잠에 빠질 날도 얼마 남지 않았어.’

　안드레이가 처음 이곳에 왔을 때에는 금방 나을 것
같았다. 군의관도 곧 회복될 거라고 말했다.

　그런데 이틀 전부터 다시 상처가 덧나기 시작했다.

덧난 상처는 급속히 나빠졌다. 그렇게 안드레이는 천천히 죽음을 향해 나아가고 있었던 것이다. 그러나 그는 동생 마리아 앞에서 약한 모습을 보이고 싶지 않았다. 게다가 진실한 사랑을 깨달은 안드레이는 죽음도 두렵지 않았다. 그는 조용히 죽음을 기다렸다.

'나는 행복하다. 나타샤의 사랑을 다시 찾았으니까.'

안드레이는 눈을 감고 행복한 미소를 지었다.

마리아는 오빠 안드레이에게서 죽음의 그림자를 느낄 수 있었다. 나타샤도 이미 그의 죽음을 예감하고 있었다. 두 사람은 안드레이의 곁을 떠나지 않고 지켰다.

얼마 뒤 안드레이는 마리아와 나타샤가 지켜보는 가운데 숨을 거두었다. 마리아가 오빠의 눈을 감겨 주었다.

전쟁은 바로 이런 것이다. 수없는 사람을 죽음으로 몰아넣는 것이며, 또한 사람들을 불행의 늪으로 빠뜨리는 것이 바로 전쟁의 참모습인 것이다.

죽음은 전방 후방 가릴 것 없이 막무가내로 휩쓸고 지나갔다. 니콜라이의 동생 페챠도 군에 들어가 전쟁에 임하고 있었다. 유격대 소위가 된 페챠는 전쟁터를 누비며 용감하게 싸웠다. 유격대는 프랑스군을 무찌르고 있었다.

제니소프는 유격대 대장이 되어 있었다. 가을비가 내리던 어느 날이었다. 제니소프는 돌로호프 장군이 보낸 전령을 맞으러 나갔다. 숲속 빈터에 이르렀을 때였다.

“저기 누가 오는군.”

젊은 장교 하나가 비를 맞으며 제니소프 쪽으로 오고 있었다. 젊은 장교는 비에 젖은 봉투를 내밀었다.

“돌로호프 장군님의 명령을 가져왔습니다.”

제니소프는 낯익은 목소리에 젊은 장교를 다시 훑어보았다. 바로 나타샤의 동생 폐챠였다.

“폐챠 아니냐?”

제니소프는 눈이 휘둥그레졌다. 폐챠는 차려 자세로 경례를 했다. 폐챠는 일부러 아는 척하지 않았다. 특별한 대우를 받기 싫었기 때문이다.

“폐챠! 너를 여기서 만나다니, 반갑다!”

“대대장님! 다른 명령은 없습니까?”

제니소프 대대장의 계급은 소령이었다.

“다른 명령은 없으니 그냥 여기 있어도 된다.”

폐챠는 내일 있을 전투 준비를 서둘렀다.

돌로호프 장군이 부대로 찾아왔다.

“나와 함께 적의 수효를 살피러 갈 사람 없는가?”

돌로호프 장군은 작전을 정확하게 세울 생각이었다.

“제가 가겠습니다!”

페챠가 앞으로 나서며 소리쳤다.

“넌 안 돼.”

제니소프가 반대했다.

“왜 안 된다고 하십니까?”

“넌 아직 어려. 위험한 일은 맡길 수 없다.”

“나이는 어리지만 용기는 누구에게도 뒤지지 않습니다. 장군님, 저를 보내 주십시오!”

“페챠! 내 말 들어! 만약 네게 무슨 일이라도 생기면, 내가 너희 부모님을 무슨 낯으로 대하겠니?”

“아닙니다. 적을 알지 못하면 작전은 실패합니다. 저 한 사람의 목숨보다 우리 병사 수백 명의 목숨이 더 중요합니다.”

페챠는 단호했다.

“젊은 장교의 청을 들어주도록 하라.”

돌로호프 장군의 명령이 떨어졌다.

페챠와 돌로호프 장군은 프랑스군의 군복으로 갈아입고는 말을 타고 조금씩 적진으로 숨어 들어갔다. 얼마 후 그들은 적을 탐색하고 무사히 돌아왔다.

제니소프는 공격 준비를 서둘렀다. 숲속 가까이 왔을 때 날이 밝아 오기 시작했다.

"돌격 앞으로!"

돌격 신호가 떨어졌다.

"적군은 단 한 명도 살려 보내지 마라."

페챠가 병사들을 향해 소리쳤다. 앞에서는 계속 총소리가 들렸다. 프랑스군에게 포로로 잡혀 있던 러시아 병사들이 함성을 지르며 뛰쳐나왔다.

"러시아 만세!"

러시아 병사들은 만세를 불렀다. 프랑스군은 보이지 않았다. 전쟁이 끝난 듯싶었다. 그러나 아직 여기저기서 총소리가 들려오고 있었다. 페챠는 멈추지 않고 앞으로 전진했다.

"뒤로 돌아가라, 페챠! 보병들이 올 때까지 기다려라!"

돌로호프가 페챠에게 소리쳤다. 프랑스군이 담 뒤에 숨어서 총을 쏘고 있었기 때문이다. 페챠는 명령에 따라 뒤쪽으로 말을 달렸다. 콩 볶는 듯한 총소리가 페챠를 따라왔다. 프랑스군이 개미 떼처럼 흩어지기 시작했다.

페챠가 탄 말이 우뚝 멈추어 섰다. 그 순간 페챠는 중심을 잃고 말에서 떨어졌다. 말에서 떨어진 폐챠는 머리에 총을 맞았다. 애국심에 불타던 한 젊은이가 이렇게 전쟁터에서 세상을 떠난 것이었다. 그는 한 방울 이슬처럼 사라졌다.

안드레이가 죽은 후 나타샤는 슬픔의 나날을 보내고 있었다. 그것은 고통이었다. 거기에다 동생 폐챠의 전사 소식은 로스토프 백작 집안에 더 큰 슬픔을 안겨주었다. 나타샤는 자신의 슬픔보다 어머니를 위로하느라 정신이 없었다.

'사랑하는 사람의 목숨을 앗아가는 전쟁을 왜 하는 걸까?'

나타샤는 도무지 이해할 수 없었다. 전쟁이 나기 전엔 몰랐던 평화의 소중함을 다시 한 번 뼈저리게 느꼈다.

마리아는 연인과 동생을 잃어버린 나타샤를 두고 떠날 수가 없었다. 그래서 나타샤와 함께 지내기로 했다.

행복과 슬픔의 갈림길

　프랑스군은 피 한 방울 흘리지 않고 모스크바로 들어왔다. 러시아군은 모스크바를 내주고 후퇴를 했으며, 프랑스군은 모스크바에서 러시아군을 더 이상 공격하지 않았다. 5주 동안 단 한 번의 전투도 일어나지 않았다.

　프랑스군은 폐허가 된 모스크바에서 5주 동안이나 머물렀다. 그러나 그건 그들이 상상도 하지 못한 고통을 안겨주었다. 폐허가 된 모스크바에서 프랑스군은 추위와 굶주림에 떨 수밖에 없었다. 그들은 이제 약탈자가 되어 빈 집을 털었다. 군인이 아니라 도둑이 된 것이다. 그러나 주인 없는 빈 집에 침입해 물건을 훔치는 짓도 계속할 수 없었다. 모스크바 시에는 약탈할 그 무엇도 남아 있지 않았기 때문이다. 프랑스 군은 모스크바에서 더 이상 버틸 수 없었다.

시민들이 피란을 떠나면서 시가지를 불태운 행동이 결과적으로 프랑스군의 후퇴를 도운 것이 되었다. 나폴레옹은 이걸 미처 생각하지 못했다. 일단 모스크바에 들어가기만 하면 병사들의 양식은 얼마든지 구할 수 있다고 믿었다. 그러나 그건 작전의 실패였다. 나폴레옹은 마침내 후퇴 명령을 내리지 않을 수 없었다. 피 한 방울 흘리지 않고 모스크바를 차지했던 것처럼 총 한번 쏴 보지 못하고 모스크바를 고스란히 내주고 말았다. 전쟁보다 더 무서운 추위와 배고픔에 항복했던 것이다. 러시아는 자유를 되찾았고, 나폴레옹의 야망은 하루 아침에 물거품이 되고 말았다.

다음 해 2월 중순쯤, 마리아는 나타샤와 함께 모스크바로 돌아왔다. 포로가 되었다 풀려난 피에르도 집으로 돌아왔다. 피에르는 모스크바에 평화가 다시 찾아왔다는 사실이 매우 기뻤다. 피에르뿐이 아니었다. 마리아도 나타샤도 모두 마찬가지였다.

피에르는 아내 엘렌의 죽음에 대해서도 자세히 들을 수 있었다. 엘렌은 피에르가 전쟁터에 있을 때 여러 남자들과 사랑에 빠졌고, 피에르에게 이혼을 요구했다. 그런 방탕한 생활 때문에 끝내 세상을 떠나게 되었다고 한다. 피에르는 엘렌에게 미움보다 연민을 느꼈고, 그때문에 안타까웠다.

'마리아가 모스크바에 왔다고?'

피에르는 이 소식을 듣고 곧장 마리아를 찾아갔다. 마리아의 집은 전쟁 속에서도 무사했다. 피에르가 응접실로 들어가자 검은 옷을 입은 여자가 눈에 띄었다. 나타샤였다.

"아니! 나타샤!"

피에르는 눈이 휘둥그레졌다. 뜻밖의 장소에서 그녀를 만난 것이 놀라울 뿐이었다. 나타샤는 살짝 웃으면서 고개를 숙였다. 전에 나타샤에게 가졌던 마음이 사랑의 감정으로 샘솟기 시작했다. 피에르는 오래전부터 나타샤를 남몰래 사랑하고 있었던 것이다.

"나타샤는 우리 집 손님이에요. 나타샤의 부모님들도 금방 오실 거예요. 페챠가 전쟁터에서 전사했다는 소식을 듣고 몸이 몹시 쇠약해지셔서 요양도 할 겸 이리로 오시라고 했어요. 나타샤도 진찰을 받아야 할 것 같아서 이리로 데리고 왔어요."

마리아는 이상한 눈으로 바라보는 피에르에게 설명을 해 주었다. 피에르는 그제야 고개를 끄덕였다. 세 사람은 그동안 밀렸던 이야기를 나누었다. 나타샤의 마음도 조금씩 피에르에게 향하고 있었다. 이야기를 얼마나 정답게 나누었던지 날이 밝아 오는 줄도 몰랐다.

이튿날에도 피에르는 마리아를 찾아왔다.

"마리아! 나는 오래전부터 나타샤를 사랑하고 있었어요. 다만 오빠와의 관계 때문에 말을 꺼내지 못했지요. 지금도 나타샤에게 청혼할 용기가 나지 않아요. 나를 좀 도와줄 수 있나요?"

피에르는 얼굴을 붉히며 마리아에게 도움을 청했다.

마리아는 아무 말도 하지 않았다.

'오빠가 죽은 지 얼마나 되었다고.'

마리아는 죽은 오빠에 대한 애절함이 먼저 떠올랐다. 그러나 이내 머리를 흔들었다.

'그렇다고 두 사람의 행복을 방해할 순 없어.'

마리아는 미소를 지으며 고개를 끄덕였다.

"염려 말아요. 아마 나타샤도 당신을 사랑하게 될 거예요."

피에르의 얼굴에 웃음이 번졌다.

“그게 정말이에요? 내게도 아직 희망이 남아 있군요.”

피에르는 나타샤의 외로움을 달래 주고 그녀의 마음을 안정시키기 위해서라도 결혼을 서두르는 것이 좋겠다고 생각했다.

“그럼요. 이제 마음놓고 상트페테르부르크로 떠나세요. 제가 모든 걸 편지로 알려 드릴게요.”

피에르는 그제야 마음이 놓였다.

나타샤는 피에르가 떠난다는 말에 금세 울상이 되었다.

‘아! 나타샤는 벌써 우리 오빠를 잊었나 보구나.’

마리아는 서운한 생각이 들었다.

‘오빠는 이미 이 세상 사람이 아니야.’

마리아는 나타샤를 탓하고 싶지 않았다. 피에르가 떠난 뒤 마리아는 나타샤에게 가서 상냥하게 물었다.

“나타샤, 피에르 씨를 사랑해요?”

“…….”

나타샤는 얼굴을 붉히며 고개를 끄덕였다.

“그럼 됐어요.”

마리아는 미소를 지었다.

“마리아! 뭐든 말해 줘요. 마리아가 하라는 대로 할게요.”

나타샤는 마리아의 얼굴을 쳐다보며 애원의 눈길을 보냈다.

마리아의 도움으로 나타샤는 피에르에게 사랑을 고백하게 되었다.

전쟁이 끝나고 피에르와 나타샤는 마침내 사랑의 결실을 거둘 수 있었다. 1813년, 피에르와 나타샤는 결혼을 했다. 로스토프 백작 집안의 마지막 경사였다. 그해에 로스토프 백작은 세상을 떠났다.

러시아군과 함께 파리에 있던 니콜라이는 아버지의 소식을 듣고 모스크바로 돌아왔다. 그러나 집으로 돌아온 그를 반긴 것은 아버지가 남긴 빚더미뿐이었다. 빚은 남은 재산을 다 팔아도 갚을 수 없을 정도로 엄청났다.

"상속을 포기하고 아버지가 남긴 빚도 떠안지 마라."

친척들은 이렇게 말했지만, 아버지의 이름을 욕되게 할 수는 없었다. 니콜라이는 아버지의 빚을 갚기 위해 취직을 하기로 했다. 군대에 있으면 자기 꿈인 연대장이 되는 건 틀림없는 일이었지만, 꿈과 현실을 맞바꾸기로 한 것이다.

'내게 모든 걸 의지하시는 어머니를 보고 있을 수는 없다. 어머니를 모시고 살면서 집안을 일으켜야겠다.'

니콜라이가 제대를 한 이유 가운데 하나가 바로 어머니 때문이었다. 군복을 벗은 니콜라이는 1,200루불을 주는 직장에 취직했다. 그러고는 셋집을 얻어 어머니와 소냐와 함께 이사를 했다. 어머니는 옛날 풍족했던 시절의 사치스러운 버릇을 여전히 고치지 못했다. 자신의 그런 행동이 아들에게 얼마나 큰 짐이 되는지 몰랐다.

어려운 살림살이는 소냐가 척척 해냈다. 니콜라이도 결혼을 포기하고 열심히 집안일을 도왔다. 니콜라이는 소냐가 고맙기만 했다. 애정 대신에 존경심이 커졌다. 자존심 강한 니콜라이는 어려운 집안 이야기를 누구에게도 하지 않았다. 가난하다고 떠들어 댄다고 누가 도와줄 리도 없지 않은가.

마리아는 농장이 있는 시골집에 갔다가 모스크바로 돌아왔다. 그때 니콜라이 소식도 들었다. 니콜라이가 어머니 때문에 자신을 희생하며 살고 있다는 소식은 마리아의 마음을 아프게 했다.

'니콜라이다운 생각이야. 누구도 따라갈 수 없는 효자다.'

마리아는 니콜라이에게 감동을 받았다. 니콜라이가 보고 싶어졌다. 생각 같아서는 곧바로 달려가 만나고 싶었다. 그러나 선뜻 결심을 하지 못했다.

'아니야. 내가 이렇게 있으면 안 돼.'

마리아는 마침내 마음을 굳히고 니콜라이를 찾아갔다. 니콜라이는 정중하게 마리아를 맞았다.

‘마리아, 사랑해요!’

마리아를 바라보던 니콜라이의 입에서 이런 소리가 나올 뻔했다. 마리아를 사랑하고 있었지만, 여전히 허영심을 버리지 못한 어머니와 살림을 도맡아 고생하고 있는 소냐를 생각하며 목구멍까지 올라온 말을 삼켰다.

‘난 마리아를 사랑할 수 없어. 그녀는 부자고, 나는 가난뱅이라고.’

니콜라이는 경제적 차이 때문에 자신과 마리아가 어울리지 않는다고 생각했다. 그래서 일부러 냉정하게 굴었다.

그것도 모르고 마리아는 니콜라이가 자기를 싫어하는 줄 알고 실망하며 집으로 돌아왔다.

“마리아만 한 아가씨가 또 어딨니? 마음을 돌려 봐라.”

니콜라이의 어머니는 날마다 그를 들볶았다. 니콜라이는 어쩔 수 없이 마리아를 찾아갔다. 마침 마리아는 집에서 조카에게 공부를 가르치고 있었다.

“오셨군요.”

마리아는 무표정한 얼굴로 인사를 했다. 어떤 감정도 나타내기 싫어서 애써 외면했던 것이다.

"참 오랜만이군요. 우리가 처음 만났던 그때로 돌아갈 수만 있다면 어떤 희생도 마다하지 않을 텐데……. 이젠 돌이킬 수 없는 일이 되었군요."

니콜라이는 힘없이 말했다.

"무슨 말씀을 하시는지 잘 알아요. 지금 당신은 가족들을 위해 희생하고 있잖아요."

"희생이라니요. 난 마리아 당신의 칭찬을 받아들일 수가 없어요. 지금 나는 나 스스로를 꾸짖고 있답니다. 내가 이런 마음을 갖게 된 데에는 여러 가지 이유가 있어요."

"그 이유란 게 무엇이지요? 제게 알려 주실 순 없나요?"

마리아가 다그치듯 물었다. 니콜라이는 말없이 마리아를 바라보기만 했다. 무뚝뚝하고 냉정한 표정이었다.

괴로움을 침묵으로 짓누르고 있는 마리아의 얼굴이 슬픔에 젖어 있었다. 니콜라이는 마리아의 침묵 속에 갇힌 슬픔이 자기 때문일 것이라는 생각이 들었다. 니콜라이는 마리아를 위로해 주고 싶었다. 즐겁고 유쾌한 이야기로 그녀를 기쁘게 해 주고 싶었다. 그러나 무슨 말을 꺼내야 할지 얼른 생각이 나지 않았다.

"저는 지금껏 참다운 행복이 무엇인지 모르고 살아왔어요.

아버지와 오빠도 이미 이 세상에는 없는걸요. 이제 전 고아나 다름없지요. 당신이 왜 저에게 냉정하게 대하시는지 알아요. 하지만 저는 너무 괴로워요. 그리고 너무 외로워요.”

마리아는 더 이상 말을 잇지 못했다.

마리아의 말을 가슴으로 들은 니콜라이는 드디어 마음의 문을 조금씩 열기 시작했다.

“마리아! 사랑해요!”

니콜라이는 마리아를 가슴에 안고 지금까지 감추고 있던 속마음을 다 털어놓았다. 가슴이 후련했다.

1814년 가을, 니콜라이는 마리아와 결혼식을 올렸다. 니콜라이는 보르콘스키 공작이 머물던 시골 저택으로 이사를 했다. 그로부터 3년 뒤 니콜라이는 피나는 노력 끝에 혼자 힘으로 아버지의 빚을 다 갚았다. 니콜라이가 하는 일은 술술 잘 풀렸다. 남의 손에 넘어갔던 농장도 다시 사들이고 새로 더 넓은 땅도 샀다. 니콜라이의 재산은 차곡차곡 쌓여 갔다.

마리아는 집안일에만 정성을 쏟았다. 자신의 아이들과 조카를 훌륭하게 키우려고 노력했다. 아이들이 잘 자랄 수 있도록 보살펴 주는 것이 마리아의 간절한 소망이었다.

나타샤는 억척스러운 여인이 되어 있었다. 그녀에게서 예전

의 아름다운 모습을 상상한다는 것은 거의 불가능한 일이 되
었다. 나타샤는 딸 셋과 아들 하나를 낳았다. 그녀는 남편 피
에르와 아이들을 위하는 일에 자신의 열정을 쏟아부었다. 그
만큼 나타샤는 가정적인 여자가 되어 있었다. 전쟁 때문에 빚
어진 괴로움들은 추억의 뒤안길에 고스란히 묻어 두었다. 행
복과 평화가 얼마나 소중한지를 일상 생활 속에서 깨달아 가
고 있었던 것이다.

● **이해 능력 Level Up!**

1. 이 작품에 나오는 러시아와 프랑스 간의 전쟁을 일으킨 사람은
   누구인가요?

   1) 안드레이   2) 니콜라이   3) 피에르
   4) 나폴레옹   5) 페챠

2. 다음 글에 나타난 안드레이의 성격으로 알맞은 것을 고르세요.

> 안드레이는 프라첸 고지에서 프랑스군이 쏜 포탄의 파편을 맞고 쓰러졌다. 안드레이는 피를 흘리며 신음하면서도 군대 깃발을 꼭 움켜쥐고 있었다. 깃발은 군인의 목숨과도 같았다. 군인이 군기를 놓치는 것은 총살감이었다.

   1) 책임감이 강하고 용감하다.
   2) 겁이 많고 엄살이 심하다.
   3) 전쟁을 싫어하는 평화주의자이다.
   4) 소심하고 내성적이다.
   5) 아무도 믿지 않는다.

3. 다음 글을 읽고, 안드레이가 후회하는 이유로 맞지 않는 것을 골

라 보세요.

1) 아내가 세상을 떠나서 다시는 잘 대해 줄 수 없게 되었으므로
2) 리자에게 따뜻한 말 한 마디 하지 못했던 것이 미안했으므로
3) 그동안 아내에게 쌀쌀맞게 굴었던 것이 미안했으므로
4) 군대에서 휴가를 자주 나오지 못한 것이 미안했으므로
5) 리자를 허영심과 이기심만 가득한 여자라고 무시하며 그녀에게 무관심했던 것이 미안했으므로

4. 아래 (가)와 (나)는 나타샤와의 만남을 계기로 바뀌게 된 안드레이의 마음을 나타내는 글입니다. 안드레이의 마음이 어떻게 변화했는지 알맞게 짝지은 것을 골라 보세요.

(가) “왜 나를 보고 저렇게 놀라는 것일까? 무엇이 저 소녀들의 얼굴을 저렇게 즐겁고 행복해 보이게 하는 것일까?”
(나) ‘외롭게 혼자 산다는 건 어리석은 짓이야. 이제부턴 다른 사람들과 어울려 살 거야.’

1) 우울함 → 방탕함　2) 부정적임 → 허영심이 생김

3) 자신 없음 → 밝고 적극적임   4) 소심함 → 어리석음

5) 불쾌해서 화가 남 → 화려한 삶을 기대함

5. 안드레이의 아내가 세상을 떠난 이유는 무엇인가요?

1) 교통 사고   2) 출산 사고   3) 약물 사고

4) 음독 자살   5) 상해 사고

6. 볼로디노 전투에 대해 잘못 설명한 것은 무엇인가요?

1) 안드레이와 피에르, 아나톨리는 볼로디노 전투에 참가해 부상
당했다.

2) 1812년 9월 7일, 러시아군과 프랑스군 사이에 벌어진 가장 치
열한 전투였다.

3) 러시아군은 수천 명의 병사를 잃었다.

4) 스몰렌스크로 가는 길목은 러시아군과 프랑스군 모두에게 중
요한 길목이었다.

5) 러시아군이 수세에 몰리자 안드레이가 소속된 부대는 예비대
로 편성되었다.

7. 안드레이의 첫 번째 부인은 누구였나요?

1) 리자   2) 나타샤   3) 소냐   4) 엘렌   5) 마리아

8. 허영심 많고 염치 없는 성격에 방탕한 생활을 즐긴 엘렌은 누구
의 아내였나요?

1) 안드레이   2) 니콜라이   3) 피에르

4) 아나톨리   5) 보리스

9. 다음 글을 읽고, 나타샤가 생활의 안정을 찾는 데 도움이 된 것
   은 무엇인지 골라 보세요.

> 나타샤는 신부에게 들은 말을 되새기며 성호(신자가 가슴에 그리는 십자가
> 표시)를 긋고 기도를 시작했다. 그것은 진정한 참회의 기도였다. 나타샤는
> 지금까지 겪어 보지 못한 감정을 느꼈다.
> '죄 많은 내 인생을 바로잡을 수 있는 길이 열리는구나. 새롭고 깨끗한
> 생활과 행복이 찾아올지도 모른다.'
> 일주일 동안의 기도는 나타샤의 생활을 변화시켰다. 차분한 마음으로
> 앞으로의 생활을 괴롭게 여기지 않게 되었다.

1) 새로운 사랑   2) 가족   3) 사냥
4) 무도회   5) 기도

10. 마리아는 누구와 결혼을 했나요?

1) 피에르   2) 아나톨리   3) 니콜라이
4) 보리스   5) 페챠

11. 나타샤는 결국 누구와 결혼했나요?

1) 피에르   2) 아나톨리   3) 니콜라이
4) 보리스   5) 안드레이

12. 전쟁 당시 러시아의 황제는 누구였나요?

1) 나폴레옹   2) 보르콘스키   3) 로스토프
4) 알렉산드르   5) 돌로호프

13. 다음 글은 러시아에 쳐들어온 프랑스군이 후퇴하는 이유를 보여
    줍니다. 내용을 읽고 맞는 것을 골라 보세요.

프랑스군은 러시아군을 바짝 몰아붙여 모스크바 시내까지 진격해 왔다. 모스크바 시민들은 재산을 그냥 버려 둔 채 앞다투어 피란을 떠났다. 가난한 시민들은 부호와 귀족의 텅 빈 집을 불태우고 부숴 버렸다. 하루 아침에 모스크바는 폐허가 되고 말았다. 모스크바는 이제 빈 껍데기였다. 그런 모스크바는 프랑스군의 세상이 되었다.

1) 폐허가 된 모스크바에 머물고 싶지 않았으므로
2) 집이 모두 불타 버려 배고픔과 추위를 피할 수 없었으므로
3) 전쟁을 하고 싶었는데 아무도 없었으므로
4) 귀족의 집에서 지낼 수 없었으므로
5) 전리품을 구할 수 없었으므로

14. 러시아와 프랑스의 전쟁은 결국 어느 나라가 이겼습니까?

1) 영국   2) 독일   3) 프랑스
4) 이탈리아   5) 러시아

15. 프랑스군은 러시아의 어느 곳까지 쳐들어왔나요?

    1) 상트페테르부르크   2) 모스크바   3) 베를린

    4) 볼로디노   5) 빈

16. 프랑스군이 러시아에게 진 원인은 무엇일까요?

    1) 더위와 굶주림   2) 병사들의 탈영   3) 무기 부족

    4) 병사들 부족   5) 추위와 굶주림

17. 니콜라이가 탄 훈장은 무엇인가요?

    1) 게오르기 십자 훈장   2) 동백장   3) 무궁화장

    4) 나폴레옹장   5) 알렉산드르장

18. 아나톨리에게 유혹을 당한 뒤, 마음의 상처를 받은 나타샤가 취한 행동은 무엇입니까?

    1) 군대 입대   2) 자살 소동   3) 사업 시작

    4) 간호 활동   5) 이사 가기

● **논리 능력 Level Up!**

1. 보르콘스키 공작은 아들 안드레이와 나타샤의 결혼을 허락하지 않았습니다. 그런 아버지의 성격에 대해 간단하게 정리해 보세요.

2. 니콜라이는 마리아를 사랑하면서도 그녀에게 선뜻 청혼을 하지
   못합니다. 니콜라이가 그렇게 행동할 수밖에 없었던 이유는 무엇
   인가요?

3. 안드레이가 나타샤에게서 받은 첫인상은 어땠나요?

4. 안드레이는 전쟁터에서 피에르를 만났을 때 반가워하지 않았습
   니다. 그 까닭은 무엇인가요?

5. 전쟁이 모두 끝난 뒤, 잃어버린 가족 대신에 주인공들의 가슴속
   에 가득 채워진 것은 무엇일까요?

6. 외국 여행에서 돌아온 안드레이가 아나톨리의 뒤를 쫓은 이유는
   무엇입니까?

7. 마리아는 오빠 안드레이의 약혼녀 나타샤가 마음에 들지 않았지
   만 오빠를 위해 그녀에게 편지를 보냈습니다. 편지에는 어떤 내용
   이 적혀 있었나요?

8. 나타샤가 자살을 하려고 했던 이유는 무엇인가요?

9. 보르콘스키 공작이 민병대를 소집한 이유를 적어 보세요.

10. 『전쟁과 평화』에 등장하는 주요 인물들의 성격을 간략하게 정리
해 보세요.

안드레이

마리아

로스토프 백작

나타샤

● **논술 능력 Level Up!**

1. 안드레이와 나타샤의 사랑은 전쟁을 비롯한 여러 가지 장애물 때문에 현실에서 완전하게 이루어질 수 없었습니다. 그러나 두 사람의 사랑을 반드시 비극적이라고만 볼 수도 없습니다. 그 이유를 추측해 보고, 자신의 관점에서 아름다운 사랑이었다는 주장을 펼쳐 보세요.

2. 아직 학생인 로스토프 백작의 막내아들 페챠는 가족의 반대를 무릅쓰고 자원 입대해서 용감하게 싸우다가 그만 목숨을 잃습니다. 여러분이 페챠와 같은 처지라면 어떻게 행동할 것인지 써 보세요.

3. 다음 글을 읽고, 니콜라이가 아버지의 빚을 떠안기로 결정한 이유가 무엇인지 생각해 보세요.

> 그러나 집으로 돌아온 그를 반긴 것은 아버지가 남긴 빚더미뿐이었다. 빚은 남은 재산을 다 팔아도 갚을 수 없을 정도로 엄청났다.
> "상속을 포기하고 아버지가 남긴 빚도 떠안지 마라."
> 친척들은 이렇게 말했지만, 아버지의 이름을 욕되게 할 수는 없었다. 니콜라이는 아버지의 빚을 갚기 위해 취직을 하기로 했다. 군대에 있으면 자기 꿈인 연대장이 되는 건 틀림없는 일이었지만, 꿈과 현실을 맞바꾸기로 한 것이다.

4. 니콜라이의 어머니는 집안이 어려워져도 사치스런 생활을 포기하지 않고 아들을 부잣집 딸과 결혼시키려 합니다. 어머니의 생활 태도와 니콜라이의 집안이 망하게 된 근본적인 이유에 대해 말해 보세요.

5. 다음 글을 읽고, 약혼자가 있는 나타샤의 행동이 올바른 것인지,
   자신의 가치관에 비추어 써 보세요.

아나톨리는 서슴없이 나타샤 옆의 빈 자리에 앉았다. 군복을 입은 그의 모습은 당당했다. 늘씬한 몸매는 여자들의 마음을 끌고도 남았다.

나타샤는 그가 옆에 앉는 것이 그리 싫지 않았다. 아나톨리는 나타샤에게 많은 관심을 보였다. 나타샤도 잘생긴 남자가 자기에게 관심을 보이자, 가슴이 설레었다.

오페라가 끝나고 집으로 돌아온 나타샤는 마음이 흔들려 견딜 수가 없었다. 아나톨리의 얼굴이 자꾸 떠오르면서 괜히 얼굴이 붉어졌다.

6.『전쟁과 평화』를 쓴 톨스토이는 백작 집안에서 태어났지만, 농민
   들의 생활 개선을 위해 노력했습니다. 그러나 그의 이상은 뿌리깊
   은 신분 질서의 벽에 가로막혀 좌절되고 말았습니다. 이 작품에서
   톨스토이의 삶을 가장 가깝게 반영하는 주인공은 누구인지 적고,
   그렇게 생각하는 근거가 무엇인지 설명해 보세요.

 풀이

이해 능력 Level Up!

1. 4)	2. 1)	3. 4)	4. 3)	5. 2)	6. 1)
7. 1)	8. 3)	9. 5)	10. 3)	11. 1)	12. 4)
13. 2)	14. 5)	15. 2)	16. 5)	17. 1)	18. 2)

논리 능력 Level Up!

1. 명예욕이나 가문에 대한 우월 의식이 강하고 현실적이며, 모든 일에 성실한 완벽주의자다.

2. 아버지에게 유산보다 더 많은 빚을 상속받아 가난하게 된 자신과 공작의 딸이며 부자인 마리아와는 경제적 차이가 너무 커 서로 어울리지 않는다고 생각했다.

3. 밝고 명랑하고 아름답다.

4. 피에르를 보자 기억하고 싶지 않은 나타샤와의 괴로운 과거가 되살아났기 때문이다.

5. 모든 것을 이해하고 용서하고 마음의 평화를 가져다 준 사랑

6. 아나톨리는 부인이 있다는 사실을 숨기고 나타샤에게 접근해 마음의 상처를 입혔다. 뒤늦게 이 사실을 알게 된 안드레이는 아나톨리와 결투를 해서라도 나타샤와 자신의 명예를 회복하려고 했다.

7. 하루라도 빨리 만나서 서로의 오해를 풀자. 나는 오빠가 사랑하는 나타샤를 사랑할 수밖에 없다. 아버지가 나타샤를 미워한다고 생각하지 말고, 병든 노인의 마음을 이해해 달라. 만나서 이야기를 하다 보면 모든 오해가 봄눈 녹듯이 풀릴 것이다.

8. 아나톨리가 이미 결혼해서 부인이 있다는 사실을 숨기고 자신을 유혹했다는 것에 충격을 받았기 때문이다.

9. 바람 앞에 등불처럼 위태로운 조국 러시아를 구하기 위해 육군 대

장을 지낸 자격으로 민병대를 소집했다.

10. 안드레이 : 다소 무뚝뚝하며, 사치와 허영을 싫어하고, 애국심이 강한 사람이다.

마리아 : 신앙심이 깊고, 가족의 행복을 위해 자신을 희생하려 하는 효녀이다. 아버지가 돌아가신 뒤에는 혼자 큰일을 해낼 정도로 침착한 성격이다.

로스토프 백작 : 무능한 귀족이라는 평판도 있지만, 쾌활해서 사람 사귀는 것을 좋아하고, 교양 있는 사람이다.

나타샤 : 밝고 자신감이 넘치는 여성이다. 하지만 화려한 옷차림과 가벼워 보이는 행동 등에서 허영심 많은 여성으로 비치기도 한다.

논술 능력 Level Up!

1. 예시 : 안드레이와 나타샤의 사랑을 완전한 사랑이라고 주장하고 싶다. 물론 안드레이 아버지의 반대와 나타샤의 실수, 그리고 전쟁으로 인해 결혼까지 이어지지는 않았지만, 안드레이는 부상을 당한 뒤 나타샤를 용서하고 정성스런 그녀의 간호를 받으며 눈을 감는다. 결혼은 하지 못했지만 두 사람은 처음부터 끝까지 서로를 사랑했다고 생각한다. 사랑이란 마음과 마음을 통해 깊어지는 것이기 때문에 겉으로 드러나지 않을 수도 있다. 눈에 보이지 않는다고 사랑하지 않는 것은 아니라고 생각한다.

2. 예시 : 페챠가 아직 어린 학생이었기 때문에 가족들이 그의 자원 입대를 반대했다. 페챠의 형 니콜라이도 전쟁터에서 조국을 위해 싸우고 있었다. 나는 이러한 상황에서 페챠가 전쟁터로 나가는 것을 반대한다. 페챠의 마음가짐이 잘못되었다는 것은 아니다. 바람 앞의 등불처럼 위태로운 조국을 위해 목숨을 바치는 것은 국민으로서 마땅히 해야 할 의무이기 때문이다. 그러나 좀 더 신중하게 생각했다면 자기 나이와 위치에 맞는 일을 찾을 수도 있었을 것이다.

애국심과 정의감이 가득 찬 페챠이기에 그의 죽음이 더욱 안타깝다.

3. 예시 : 니콜라이는 로스토프 백작의 맏아들로, 아버지가 쌓은 업적과 명예를 이어받고 그것을 지켜야 할 책임과 의무가 있다. 아버지에게 물려받는 것이 불명예와 빚뿐이라고 해도 그에 대한 책임과 의무는 같다고 본다. 만일 아버지가 남긴 빚을 피하려고 유산 상속을 포기했다면 과연 정신적으로 홀가분할 수 있었을까? 오히려 죄책감 때문에 더 괴로웠을 것이다. 그래서 니콜라이는 '아버지의 이름을 욕되게 할 수 없다.'며 어려운 현실을 받아들인 것이라고 생각한다. 지금 처해 있는 현실이 어렵다고 그것을 피해서는 안 된다. 할 수 있는 한 그 어려움을 스스로 극복해야 한다. 니콜라이는 그런 용기를 보여 준 사람이다. 훗날 니콜라이가 빚을 다 갚고 집안을 일으킬 수 있었던 것은 아버지의 명예를 지키려는 노력 때문이었다고 생각한다.

4. 예시 : 로스토프 백작의 집안이 몰락하게 된 근본적인 이유는 가족들의 비극적인 삶에 있다. 아버지의 죽음, 딸 나타샤의 불행, 막내아들 페챠의 전사 등을 들 수 있다. 거기다 어머니의 사치스러움은 집안의 몰락에 기름을 붓는 역할을 했다. 물론 백작의 부인으로 부유하게 지내던 습관이 몸에 배어 있어서 하루 아침에 달라질 수는 없을 것이다. 하지만 한 가정을 지켜야 하는 어머니라면, 쓰러져 가는 집안을 보살필 책임과 의무가 있기에 그녀의 사치스러운 생활은 분명 잘못된 것이다. 더구나 아들의 감정을 무시하고 부잣집 딸과 결혼시켜 집안을 일으키려고 한 것은 자식의 행복을 지켜야 하는 어머니로서 할 수 있는 일이 아니라고 생각한다.

5. 예시 : 나타샤의 행동은 올바르지 못하다고 생각한다. 나타샤와 안드레이는 서로 깊이 사랑했으며, 결혼까지 약속한 상태였다. 안드레이의 아버지 보르콘스키 공작의 반대가 큰 걸림돌이었지만, 그것은 근본적인 문제가 아니었다. 안드레이의 여동생인 마리아가 도와주려

했고 보르콘스키 공작도 1년만 기다리라는 제한적 허락을 했기 때문
이다. 나타샤를 이해할 수 없는 가장 큰 이유는 사랑하는 사람을 두
고 다른 사람(아나톨리)에게 마음을 빼앗겼다는 사실이다. 서로 다른
두 사람이 정성을 다해 마음을 합치는 것이 사랑이다. 마음을 합친다
는 것은 미래의 위기와 행복을 함께한다는 것이다. 어려운 시련을 함
께 이겨 내고 즐거움과 행복을 함께 나누는 것, 나는 이것이 사랑이
라고 생각한다. 이런 점에서 볼 때 나타샤의 행동은 잘못된 것이다.
주어진 현실에 닥친 시련을 극복하려는 노력이 부족했다.

6. 톨스토이는 실제 삶에 있어서 사랑을 추구하고 실천하려 했다. 이
작품에서 톨스토이와 가장 닮은 인물은 피에르다. 피에르는 베즈호
프 백작의 아들이지만, 순박하며 인생의 목적과 삶의 철학을 끊임없
이 고민하는 이상주의자이다. 그는 아버지에게 물려받은 막대한 유
산으로 전쟁 중에 많은 사람들을 도와준다. 마음씨가 너그럽고 신분
의 차이를 넘어 누구에게나 친절하다. 바로 이러한 피에르의 특성이
톨스토이의 삶의 가치관과 이상을 그대로 반영한 것으로 보여진다.